U0781626

会错意的冬日

［日］似鸟鸡 著

黄晶晶 译

台海出版社

◇千本櫻文庫◇

文库，原本是指收纳书物的仓库和书库，也指收纳书与记事簿，以及不常用物品的小箱子。以前者为例，京浜急行线的"金泽文库站"就是以前镰仓时代北条氏用来收藏汉书用的，"金泽文库"名字的由来便是如此。东京都的世田谷区也存在着收集着珍贵汉书的"静嘉堂文库"。后者则更多地被称为"手文库"。

江户时代以来，可以放入袖袂的小开本书籍逐渐流行起来，被称为"袖珍本"。明治三十六年（1903年），富山房发行了小开本的丛书，起名"袖珍名著文库"。随后，明治四十四年（1911年），讲述战国时代的猿飞佐助和雾隐才藏系列故事的讲谈社"立川文库"发行出版。讲谈是日本民间艺术，以口语化的方式讲述历史故事的形式。而"立川文库"则是将讲谈收录成册集中出版的丛书，据统计，当时刊行量为200册左右。从那时起，文库就脱离了原本的释意，逐渐演变成了现在的类书集丛。

文库说法借鉴了日本出版业界的传统说法。而千本樱源自日本奈良县吉野山樱花盛开的奇景，世人皆称"一目千本樱"来形容樱花美景。千本樱文库的纳入作品皆为日系作品，题材包括推理、悬疑、幻想、青春、文化等类型，正如千本樱满山盛开的绝景。

现代日本，以"文库"命名刊行的丛书系列有200种以上，所谓"文库本"只不过是统称而已。日本传统的"文库本"常用的是A6尺寸的148mm×105mm，也叫"A6判"。千本樱文库的所有书籍将在"文库本"

的基础上提升，达到 148mm×210mm 的开本标准。追求还原的前提下，力图带给读者更清晰的阅读体验。

从 20 世纪 70 年代以来，日系推理小说逐步进入中国读者的视野。随着时代更替，涌现出了各种不同风格的作家。日系推理能够长久不衰的原因之一在于设立的各种新人奖，这些新人奖能为日本文坛输送新鲜血液，不断地创作优秀作品。鲇川哲也奖是日本东京创元社在 1990 年创立的公募新人文学奖，也是日本推理作家们至关重要的出道途径。该奖创立以来挖掘出了众多才华横溢的作家，如芦边拓、二阶堂黎人、西泽保彦、柄刀一、城平京、相泽沙呼等。

鲇川哲也奖作为日本屈指可数的文学新人奖，不仅获奖作品出色，入围作品也毫不逊色。例如入围第 16 届鲇川哲也奖佳作的《会错意的冬日》，优秀的作品终不会被埋没，该作出版以后就很有人气，很快便推出了六部续作。如果说起青春校园推理，似鸟鸡的这部"市立高校系列"绝对是代表作之一。

千本樱文库编辑部

鲇川哲也奖作家系列

◇ 相泽沙呼
◇ 城平京
◇ 芦边拓
◇ 柄刀一

梅菲斯特奖作家系列

◇ 天祢凉
◇ 西尾维新
◇ 井上真伪
◇ 殊能将之
◇ 木元哉多
◇ 北山猛邦

其他作家系列

◇ 深木章子
◇ 三津田信三
◇ 乙一
◇ 仓知淳
◇ 横关大
◇ 野崎惑

HIGHSCHOOL GHOST BUSTERS
By
Kei Nitadori
2007

理 由 あ っ て 冬 に 出 る

目 录

contents

第二副楼

防火楼梯

男厕

女厕

礼　堂

走廊
（混凝土地面）

通往第二副楼

通往2F

男厕

女厕

图书室

吹奏乐部

吹奏乐部

玄关

艺术栋1F

第二别馆

男厕

女厕

舞蹈部

舞蹈部
轻音乐部

轻音乐部

走廊

第二别馆

通往3F

多媒体
教室

手工部

和乐部库房

和乐部

书法部

男厕

女厕

空房间

艺术栋2F

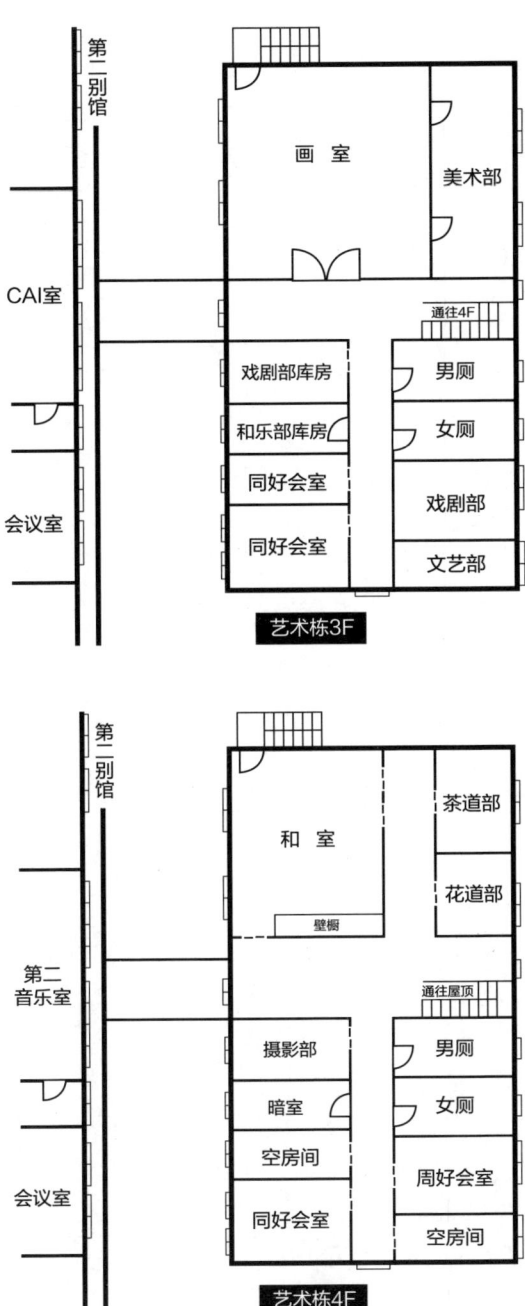

艺术栋3F

艺术栋4F

序章

这个故事，第一页应该从哪个场景开始呢？

按正常的想法，显然该是与那个契约相关的场景，也就是跟消费金融贷款相关的那个。不过我更倾向于为那个场景埋下一些伏笔。

无论哪个频道都可以，请大家看看民营电视台。你对哪个广告有印象？无论在哪个城市，请到车站前走走。最瞩目的广告牌是什么？消费者金融贷款的广告已经到了闭上眼睛都能见到的程度。他们已经潜移默化地盘踞在我们每个人的内心当中了，同时伴随着"便利""安心""快捷"的广告语。在不久之前情况还不是这样，那时他们被称为高利贷。

他们宣称任何人都可以签约。但这句话与实际情况肯定是不符的，怎么可能什么人都可以贷款呢？我还不起钱是既定事实，而且他们从最开始就知道我就连利息也还不上。所以说这根本就是个圈套。

我曾经因为某些事急需用钱，就在某个金融贷款机构开了一张卡。其实我从一开始就掉进了他们设下的陷阱。那时我明明只需要借十万日元，可是他们却给了我五十万。我说不要这么多，他们就说因为电脑上支付日期的关系，只能受理这个金额的贷款。

当时我没办法立刻还钱。为了还利息，我只能继续借钱。

后来我终于明白了，除了继续借钱我根本没有别的方法还钱。如果钱没还上，马上就会有人给我打电话。是其他放贷的同行。他们的组织要多么完善，才能把打电话的时机抓得刚刚好？我不知道，我也没有可以拒绝人家的理由。为了赶在还款日前还上欠款，我只能去借更高利息的贷款。

于是放贷的公司越找越多，条件也越来越苛刻。可是为了解燃眉之急，什么样的条件我都只能咽下。

最后我已经搞不清楚从多少家公司贷了款、每家公司需要还多少钱了，正在这时，他们的一个同行就问我，要不要把债务统一整理？虽然不明白怎么回事，可我还是答应了。实际上欠款并没有因此减少，相反我还必须要支付"债务整理手续费"，又要继续往里搭钱。

之后我就开始遭到威胁了。他们威胁我如果不付钱，就把这件事告诉我的公司和我的亲戚们，而且还会恐吓说现在就来我家取钱，让我把钱准备好之类的。为了还钱，我所有的东西都没有了。房子作为抵押被收走了，亲戚也都借了个遍，妻子也成了保证人。即便如此，欠款还是没有减少。剩下的就只有这条命了。于是我买了人寿保险。

现在想来，当时的我是毫无选择。被铺天盖地的广告洗脑后，我走进了他们的店里，还不上钱的同时，就有人过来劝我继续借钱，跟很多家公司借了钱后，就有人劝我要不要整理债务。我的行动轨迹完全是他们计划好的。

如果这是个故事，那么写剧本的人是他们才对。在他们的剧本里大概也将我的死写了进去。只要我死，保险金就能到手。因为除了还债，我别无选择。如果不这样做，家人就会遭到牵连。

我决定赴死，并为自己选个终结生命的地方。我记得年轻时曾去过一个景区，那里有一个不起眼的湖畔。在地点方面我倒是没花太多心思。那个不起眼的地方正适合我。

可是……

我选择的寻死之地也在他们的剧本里吗？我觉得应该不会……

第一章

第一天的幽灵

我就读的某市立高中建在一座小山丘上。每天早上我都要爬坡才能抵达学校。

不知情的人听到这儿肯定会觉得好像挺好玩的，搞不好还会抱有一些浪漫的幻想。我通常听到的回应都是"好棒啊"。可惜大家都错了。

事实上，"山丘上的高中"除了容易蒙受水灾，或是让你因为上学而拥有健硕的大腿以外，再没什么优点，反而可以说给生活增添了不少麻烦。就拿早上来说吧。在分秒必争的入校计时赛中，终点近在眼前，眼前却出现个大上坡，简直太残酷了。夏天搞得大汗淋漓自不必说，到了冬天，教室里开着暖风，热意融融，当你装备齐全地跑进教室又免不了一身臭汗。放学后，如果要从学校正门回家，就要经过一个大约十二度的斜坡，大家都叫它"市立坡"，篮球部的同学经常在这里挥汗如雨，练习阵形。如果选择穿过操场从后门回去，就要经过几百级的台阶，俗称"地狱的阶梯"，在这里八成会遇到浑身大汗的棒球部在练习冲刺之类的。也就是说，"山丘上的高中"等于"浑身是汗"的形容再恰当不过，至少要比牵强附会地说"清爽"要更准确。

而且我读的这所市立高中有一栋"艺术楼"。作为美术部的成员，我要在这栋楼的画室里参加社团活动。

不知情的人听到这儿八成会产生一些优雅的幻想。事实上还是错的。

要说错在何处，只要实地考察一番就一目了然。建筑本身毫无艺术性可言。玄关显然没有经过设计师的设计，更不要说有什么摆设了。大楼的外观是灰色的正方体，没有任何装饰，但又看不出一点儿包豪斯*调调的功能美。如果硬要问它像什么，恐怕我只能说它就像建了三十五年的公共住宅**二十五号楼。不止如此，这栋楼在已经建校七十周年的母校中，其污秽和阴气也可谓前无古人后无来者。建筑本身残破不堪不说，地理位置也是"得天独厚"。继游泳池副楼武道场之后，学校又毫无计划地增建了艺术楼，导致艺术楼恰好被南侧主楼西侧的副楼和第二副楼东侧的体育馆给包围起来，一天到晚都笼罩在其他大楼的阴影之中。因为这栋楼不用来上课，管理者是谁也搞不清楚，用途不明，所以文化类社团的各位同仁就将这栋楼合理地分割了，既然这栋楼已经盖好了，现在这样也算是物尽其用。也就是说，这栋多余的建筑被文化类社团给占领了，因此被称为"艺术楼"，如此而已。

现实情况大致如此。不过我也不会跟别人提起。因为这栋楼的氛围很难用言语说明，如果不来亲身体验一番是怎么也解释不清的，既然说不清道不明，那又何苦去破坏人家的想象呢。

时间过了下午三点。六个小时的课程上完，扫除也搞定了，受到约束的这半天时间已经结束，后边就是自由愉悦的放学时光。从时针下解放的这段时间简直爽快非凡，幸福不已。

美术部基本上不会约束部员。什么时候想来参加部门活动是我们的自由，所以有时候我就会在教室陪朋友东拉西扯，有时甚至会直接就跑出去

---

* 包豪斯，德国魏玛市的"公立包豪斯学校"（Staatliches Bauhaus）的简称。它的成立标志着现代设计教育的诞生，对世界现代设计的发展产生了深远的影响。包豪斯也是世界上第一所完全为发展现代设计教育而建立的学院。"包豪斯"一词是瓦尔特·格罗皮乌斯（格罗佩斯）创造出来的，是德语Bauhaus的译音，由德语Hausbau（房屋建筑）一词倒置而成。——译者注

** 公共住宅，国家提供部分资金，修建后出售的非营利性房屋。——译者注

玩，然后不露面就回家了，这种情况每周都有一次，不会有谁责备我。但我还是会在每天下午四点左右的时候去艺术楼。眼下对我来说，创作可比闲聊，或跟一群人去轧马路有意思多了。

跟"放学回家部"的朋友打完招呼，我走出了教室。曾经有段时间我很困惑，这些家伙放学后都会干什么打发时间呢，好像一点儿也不得闲。

小菅竹和中山田都忙着打工，佐和野似乎在一个业余管弦乐团里拉小提琴，所以也很忙碌，这些情况我直到秋天才搞清楚，也终于放下心来。为什么我会放心呢？直到现在我也说不清楚，可能是因为在他们面前我多少有些傲慢，这让我微微有点儿内疚。

因为艺术楼与第二副楼是相连的，只要顺次穿过第二副楼和连接处的走廊，不用出屋就能到达目的地。不过连接走廊下午五点会上锁，到时就过不去了，如果直接穿着室内鞋去艺术楼，五点之前若是不回来取鞋，就要绕着副楼和主楼转上一大圈，从教职员工通道回去。教职员工通道五点后也开放，但刚入学的时候我并不知道，当时心想"完蛋了，被锁里面了"，不过转念一想，也无所谓，反正室内鞋也算是鞋子的一种嘛，那天我就直接穿着室内鞋回家了。当时把我妈吓坏了，一个劲儿地追问我是不是有人把我的鞋拿走了，还是在学校里被人欺负了。就连妹妹都向我投来关切的眼神。现在想起来简直蠢到家了。就像个孩子一样。从那以后，再去艺术楼的时候我都会换上室外鞋，从内庭穿过去。

背后运动部的诸位正畅爽地顶着酷暑在操场上挥洒青春，前面就是艺术楼的玄关。车鸣声，乌鸦的叫声，棒球部传出"batter*来吧！"（这句话啥意思呢）。西斜的夕阳下，这些效果音混杂在一起，可谓每天都不曾

---

* batter，译为棒球和垒球等运动中的击球员或是击球手。——译者注

缺席的背景音。当然，能有如此感想的只有旁观的我。

那些当事人每天都全力以赴地跟分秒不断、接踵而至的杂事做斗争。有时候我也会觉得老是呆呆想着这些事的自己，真是老气横秋，可这种性格从我懂事起就已经定型了，根本改变不了。当我穿过操场之后，通常会响起一阵铃声。是三点半的铃声，可我至今不知这个铃声是要宣告什么到来。

操场上悠闲的喧嚣声渐渐远去，笼罩在阴影下的艺术楼四层建筑就出现在眼前了。艺术楼的墙面就像崩坏前夕的柏林墙。具体情况不详，有传闻说这里早就过了使用期限，仔细观察外墙就会发现上面布满了龟裂。一些暴走族还在上面留下了涂鸦，净是些"SEX""FUCK""杀""φ""Ω"之类的字样，不能给观者带来一丝一毫艺术上的感动，这让我反过来开始崇拜凯斯·哈林*和让·米切尔·巴斯奎特**的才华。艺术楼的钥匙由特定的老师随身携带保管，所以很难入侵。暴走族只是在这一带出没，在墙壁上留下涂鸦，还没到打破玻璃窗闯进屋子里那么暴虐，虽然附近居民有些担心，不过一直也算相安无事。

墙面大部分都是灰色的混凝土，上面开着小得不能再小的窗户。普通住宅至少会在一侧墙壁装上玻璃窗作为阳面，而这座房子都是阴面。要是在阴天的背景下，就会透着一股子夹带着湿气的闭塞感，活脱脱一副"罪恶研究所"的味道。事实上关于这栋楼还有一个传说，说这里有一个秘密

---

* 凯斯·哈林，原名Keith Haring，1980年代美国街头绘画艺术家和社会运动者。他的涂鸦在今天已经成为流行文化中的一部分，在日常生活中几乎随处可见。——译者注

** 让·米切尔·巴斯奎特，Jean-Michel Basquiat是一位美国艺术家，先是以纽约涂鸦艺术家的身份获得大众认识，后来成为一位成功的80年代新表现主义（Neo-expressionist）艺术家。——译者注

的地下室，教生物的田村老师在这里进行着人体实验，体育老师梨本就是从这里诞生的人造人。身板像冰箱，老是套着一件紧巴巴的 T 恤。除了上课以外从不开口说话，脸上也没有任何表情，这位梨本老师在人类与金属制品之间，显然更贴近后者，不过也无所谓啦。

只有一楼的房间不知道为什么开了很大的窗户，显得敞亮一些，要是朝着里面偷看，不小心与正在练习的吹奏乐部的女生们撞上视线可就麻烦了，所以我走到这儿都会别开视线。

快步走过去。至于"撞上视线的麻烦"究竟是什么样的感受，我想了半天也没结果，就懒得去想了。窗户上的窗帘有时会拉上，这是因为里面有女孩子在换衣服。因为我曾在不知情的情况下偷看过一次，当时吓个半死，马上用最快的速度逃到了一个再也看不到艺术楼的位置。当时不知为何我非常愤怒，吹奏乐部搞什么鬼啊，练习前为什么要换衣服呢，这下好了，让我看见了吧。当然，应该生气的其实是被看到的那一方。这段经历我没有告诉过任何人。要是知道能偷看到女孩们换衣服，有些朋友搞不好可要乐坏了。

穿过满是尘埃的玄关，耳边就会传来熟悉的吹奏乐部的嘈杂声，楼里独特的温湿空气浸润着我的皮肤。因为构造的问题，这栋楼里不通风，所以湿气厉害着呢。我脱下鞋子，从鞋柜上拿一双拖鞋。人多拖鞋不够用的时候就要穿着袜子走进去，把脚底板走得灰突突一片，所以我把其中一双占为己有，偷偷藏在了一个别人看不到的地方。一楼的房间全是吹奏乐部的领地，这些女生毫无顾忌地把房门四敞大开，在走廊里成群结队，吵吵嚷嚷，吹奏乐器。在回音效果好得过分的走廊里吹奏铜管乐器，那声音时而厚重，时而尖锐，嘈杂不堪。总之，艺术楼的一楼仿佛一年到头都在修路。偶尔也会全员静悄悄地聚集在礼堂里，那代表着彩排时乐团顾问古坚和政正在说教。想要艺术楼一楼保持安静可是件稀罕事儿。我以前觉得特别不可思议，吹奏乐部的成员们在这样的环境中居然能辨别出自己的声音来练习，为此我还问了朋友，但她似乎并不觉得影响练习。我就纳闷儿了，难道说搞音乐的家伙在听觉上有什么生理学上的独特之处吗？后来有一位学识渊博的学长告诉我，在心理学上有一种说法叫做鸡尾酒会效应[*]，这才让我释怀。

　　拾阶走上二楼。在楼梯缓步台上跟抱着低音大提琴的朋友交错而过，互相招呼了一声："来了啊。"楼梯不宽，拿着大提琴上上下下可不容易。我正想着是不是该帮帮他，可刚要回头就听见"咔嚓"一声，紧接着传来一句"糟了"。好像撞到哪了。

　　二楼的嘈杂比一楼更杂乱无章。走廊里，吹奏乐部的人在练习单簧管，除此之外，北边的大教室传来了舞曲以及"哒、哒、哒哒咚"的脚步声。隔壁房间是电吉他的"锵锵锵"。南边那几个狭长的房间里是和乐部的"叮叮咚"。如果不是事先知道这里是文化类社团的根据地，这些声音汇聚在一起简直能让人抓狂。可想而知，同在二楼角落里静静开展活动的书法部和手工部该是多么的不堪其扰。这种骚乱跟我之前拿来比喻的施工现场还不一样，就像是举办庙会的大马路，或是动物园里的猴山。我找不到更贴切的比喻。艺术楼的喧闹声果然只有它本身能够诠释得了。

　　原本就狭窄逼仄的走廊里偏偏还堆着好多破烂儿，想要通过的人都必须小心翼翼，弯下身才可以。不过从没有人想要把这堆破烂儿收拾干净。倒不是大家都想着偷懒，只是这些破烂儿是哪个部的，互相之间都搞不清

---

[*] 鸡尾酒会效应，是指人的一种听力选择能力，在这种情况下，注意力集中在某一个人的谈话之中而忽略背景中其他的对话或噪声。该效应揭示了人类听觉系统中令人惊奇的能力，即我们可以在噪声中谈话。——译者注

楚，贸然下手搞不好会产生纠纷。占据走廊的破烂儿把窗子里透过来的仅有的微弱阳光吸收殆尽，艺术楼上上下下就算是白天也是昏昏暗暗。再加上里面有一半的房间是储物间，还有一半是破烂儿聚集地，另外还有几间屋子是永远不会打开的。如此种种，更加重了这里的阴气。

没人知道这栋楼为什么会变成这样。起初大概是觉得"肯定会派上什么用场"，稀里糊涂地建起来了，反正是市立学校，预算充裕得很，结果没有一点儿用处，只是以极强的存在感来告诉大家，这所学校在运营上有多马虎。原本师生们都只管把这种来路不明的建筑当作一栋"空楼"而已，也不会有人为了使用问题责备学校。在此之前，除了某些工作人员以外，其他人是不会到这儿来的。楼里的独特气氛是经年累月沉淀下来，经过化学变化合成了如今"稀里糊涂的气氛"，如今与这满处尘埃一起充斥在艺术楼上下的各个角落。

三楼和四楼的小房间比较多。以楼梯为边界，往南走是一个稍微有些狂热的同好会，叫做铁道功夫英语会话。他们把这里叫做"腹地"。除了他们的会员以外，其他人基本不会进出。就连一直在三楼活跃的我，踏进腹地的次数也数得过来。那里有股来路不明的臭味，总让人觉得心里发毛，不敢踏足。

我的大本营在三楼北边的画室。副楼里其实也有美术室，但是那里要上课，所以摆着很多桌子，没有空间。有着"百目鬼"之恶名的美术部顾问几年前想要有一间自己的专属画室，不管会不会给大家带来不便，凭一己私欲把这个房间里的破烂儿都清理出去，保护了这一方净土。不过之前那些成员都已经毕业了，现在美术部全员五人。持续出现在画室中的只有我自己，所以这个空间给百目鬼老师和我两个人用简直是奢侈。

现在百目鬼老师的创作似乎告一段落了，画室里只有我一个人。在九平方米见方的大房间里，可谓"画布中间设，咳嗽只一人"。看上去寂寞孤独，事实却并非如此。摄影部的铃木学长会让我看他的作品，戏剧部的三野也会时不时过来玩玩，功夫同好会的谷萩会来练习翻筋斗。在创作中的画布前，一个男生在翻筋斗，这种超现实的构图实在有趣。文艺部长伊神同学也会来。这个人见多识广，跟他聊天很有意思，就是每次走的时候老是劝我加入文艺部，麻烦得很。戏剧部长柳濑同学也会来。不过这个人只是过来劝我参加他们社团的，每次说完就撤。

这里虽不像一楼和二楼那么吵，但也不得安宁。因为戏剧部就在三楼，所以时常可以听到他们练嘴皮子的怪声，还有台词吧，"哈哈哈哈哈，终于抓住你了"，然后传来糖果般的甜笑*。没有练习场所的部分吹奏乐部成员也被挤到了三楼，在走廊里吹着长号，这时整个画室里都充斥着嘹亮的号音。起初我觉得这简直是恼人的噪音，但是现在已经司空见惯了，连百目鬼老师都夸我注意力集中。

总而言之，这栋承载着我高中生活一半旅程的艺术楼就是如此的嘈杂，迷之昏暗，但至少是一栋平安的建筑。正因如此，当时的我做梦都没有想到这栋楼会成为学校史上前所未闻的神秘事件的舞台，最后甚至招来了媒体，让整件事在网络上流传到全国。

好像有人在敲画室的门。我正在创作一幅没有主题的有关老虎的画，听到敲门声，我停下手里的动作回头看，透过门上的玻璃，看到秋野麻衣的脸正向里面张望。我转身向她挥挥手。虽然脸上十万火急，但她好像是觉得打扰到了我的创作，默默地站在那里没有进来。

秋野快速地摆了摆手，为了尽量不发出声音，她缓缓地把门打开进来

---

* 糖果般的甜笑，出自鸿上尚史的作品。——译者注

了。见我站起身来，她就像害怕被人发现那样，快步小跑过来，眼睛向上看着我，开口说了起来。她这副样子就像在空旷场所受到惊吓的兔子或是仓鼠之类的小动物。

"叶山同学，那个……"

她来得这么突然，似乎有事要拜托我。她扭扭捏捏了十几秒，可能是在等我打破安静，于是我率先开口："是高岛学姐让你来的吧？如果是来劝我加入你们社团的，免谈。有什么别的事倒是可以说说。"

这已经不是吹奏乐部第一次来找我帮忙了。她们有时会拜托我帮忙设计海报，或是制作大型道具，也会叫我去看她们彩排。结束时她们就会问我要不要试试大号，或是扮演主持人的角色，我都一一拒绝了。吹奏乐部好像除了演奏以外，其他的事都不太擅长，平时似乎不只会找我一个人帮忙，文艺部和戏剧部也都在她们的求助名单之列。虽然有时候创作被打断，可能会给跑腿的人一点儿脸色看，不过像海报设计这种"工作"，会让我觉得自己像个专家，所以我都会欣然接受，不会拒绝她们。而且秋野又这么有诚意，更让人不忍拒绝。再者吹奏乐部的现任部长高岛学姐是个非常认真的人，如果我拒绝了她的手下，她会亲自过来道歉，鞠躬认错，这反而更让人害怕，于是就更难拒绝了。

"倒不是要帮吹奏乐部的忙，我们想要借钥匙。"

"钥匙？艺术楼的？"

秋野点了点头。为了防备暴走族作乱，艺术楼的门禁向来很严格，玄关的钥匙原则上是由老师保管的，但是要等所有学生都回去不知道要等到什么时候，所以有一部分老师会偷偷把钥匙交给一个特定的学生，委任他来锁门。美术部的百目鬼老师就是这些企图蒙混过关的老师中的领头羊，最近他把钥匙交给我保管了。早上都是执勤的人开门，所以就算我偶尔第一个到，门大部分时候都是开着的。

"可以倒是可以，不过我会在这儿待到很晚。你大可不用担心锁门的事儿。"

"我，今天夜里，必须要留在这儿，跟我们部长一起。"

"为什么？"

秋野有些犹豫地别开视线说：

"因为这楼里有幽灵。"

起初我根本没听明白她在说什么，完全被吓傻了。

"就是……现在有个传说，说会有幽灵出现。"

"在艺术楼？"

秋野一脸认真地点点头。我不自觉地环顾了一下四周。这间画室我已经很熟悉了，不过现在看来确实有一股阴郁的气氛，像是幽灵会喜欢的地方。

秋野打开了话匣子。

"艺术楼的墙壁里至今还藏着一具男学生的尸体，那位男学生被杀后，头被砍了下来，然后被砌进了墙里。这个学生为了找到杀害自己的凶手，每当天色变暗就会从墙壁里出来，在走廊里来回走动。但是因为他没有头，所以看不见，也就搞不清每个人的区别，所以只要见到人就会发动袭击。他会猛扑过去，把人牢牢抓住，然后使劲拖回墙里。他速度特别快，想跑也跑不掉，就算逃跑了他也会极速追上来把人抓住。不过因为他穿着学校指定的鞋，走路时会发出窸窸窣窣的脚步声。因此，只要竖起耳朵仔细听，就可以在相遇前察觉到他的存在，这样就有逃跑的可能了。"

"被抓的那个人会怎么样？"

"会被杀掉的。"

"那倒也是啊。"

"'壁男'会把他抓到的那个人拖进墙里。但是被抓住的那个人是进不到墙壁里的,所以只能被按在墙壁上。之后,壁男越来越使劲地拉……"

"然后?"

"被抓住的那个人就会被一股可怕的力量狠狠压在墙上……"

"嗯。"

"最后就活生生被压碎。"

"哦。"

按照惯例,结局一定是非常残酷的。学校里的怪谈总是这样,像悬疑片似的,也不知从哪传出来的。

"艺术楼居然会有这种东西?"

"还不止呢。"秋野不知为何有些抱歉地继续说道,"叶山同学,你认识立花同学吗?"

"好像在哪里听过,但却想不起来。是三年级的吗?"

"是在我们乐团吹长笛的,长得可漂亮了。"

"好像是有这么个人。"

"她现在下落不明。"

"下落不明?"没想到突然出现这么劲爆的新闻。

秋野点点头说:"从六月份开始就不知去向了。"

"这是怎么回事啊?"

"我也不知道,但是……"秋野的表情突然严肃起来。

"传说中立花学姐是被壁男给谋害了。然后,立花学姐也变成了幽灵出现在这栋楼里了。"

"啥?"

壁男，再加上一个吹长笛的幽灵。艺术楼简直就是魑魅魍魉的巢穴。

"一到晚上她就会出现，还有人说听到她练习的声音呢。据说吹的是'《芦笛》*……"

"选的曲子可真拉风啊。"

"因为立花学姐笛子吹得特别好。"

"……"

这个传说真是奇妙。我感觉好像有什么不对劲。但又想不出到底哪里不对。

"那你说今晚要留在这儿，是什么意思？"

总不会是为了上独版头条去抓幽灵吧。秋野不是这么爱出风头的人。

"有些人倒是不在乎。可是也有人吓得不敢进走廊。"

我心想你们本来也不该在走廊里练习啊，不过嘴上没说。原来如此，怪不得最近太阳刚一落山，盘踞在走廊和楼梯上的吹奏乐部成员就不见踪影了。我还以为是古坚老师批评了他们，看来不是这么回事儿。

"没有场地，人员也凑不齐，练习都进行不下去了。部长特别苦恼。我们还要准备送别演奏会呢。"

吹奏乐部每年在毕业前都会为三年级的同学们举办送别演奏会。如果演奏得不好，毕业生们会非常失望，这样演奏乐部的未来可就岌岌可危了。如果没什么幽灵传说，大家都要来练习，可是对那些害怕幽灵的同学来说，也不好强行逼迫人家去走廊练习吧。眼下的情况对于高岛学姐来说确实很棘手。

"部长已经说了不会有什么幽灵的，可是……"

---

* 《芦笛》，法国著名作曲家德彪西的长笛独奏曲。——译者注

幽灵这种东西在科学上没有任何根据。但是也没有科学证明它不存在。不管别人怎么说没有，自己害怕的东西始终还是害怕。就像你讨厌吃的东西，不管别人怎么说"你为什么不吃呢，多好吃呀"，你还是会讨厌。

"但是，大家都很害怕……于是部长发话说今晚要留在这儿。她要证明根本没什么幽灵。"

"真了不起啊。"

确实很符合责任感极强的高岛学姐的作风。

"学姐不害怕吗？"

秋野接着说："我说了要一起留下。"

"没问题吗？秋野不是很害怕的吗？"

"但是，只有部长一个人留下就没有任何意义了。"

确实如此。如果是一直主张没有幽灵的人自己留下来，然后告诉大家"幽灵根本没有出现"，这种话谁都不会相信的。需要有个人来证明她整晚都待在这儿。

"但是，只有你和部长两个人吗？那也太……"

如果另一个人主动提出要一起留下，那么这个人对其他人来说也会失去可信度。

秋野再一次向上瞟了瞟我："所以，那个……"

我往后一仰，说："就是……想让我也留下呗。"

她要拜托我的事终于浮出水面了。现在我终于明白为什么秋野一副顾虑重重的样子。

"只有我们倒是也可以，只是……"

如果没有第三方的在场，可信度会大打折扣。这倒是理所当然的。

"呃，这个……我倒是也可以留下，不过……"我抱起胳膊望向别处，问，"……秋野，你的那个朋友呢？怎么没有拜托东同学……"

秋野的那个朋友是吹奏乐部二年级的学生，名叫东雅彦。他本身就是吹奏乐部凤毛麟角的男性成员之一，而且这位东同学还是个美男子，据说家里又很有钱。自打他入学以来，这两年中吹奏乐部为了争夺这个帅哥持续不断地爆发着冷战和纷争。没有发展成世界大战，都是拜高岛学姐高超的交际手腕所赐。这位东同学也是肆无忌惮，不管是学姐、学妹还是同年级的，都照撩不误。后来，高岛学姐似乎警告了他，那时他正跟秋野打得火热，于是这种放荡不羁的行为就此打住。从那以后好像再没见他跟谁暧昧。这位东同学想必都记不得秋野是他的第几任了，搞不好他对历任都没有付出过真心，所以那时我还真有点儿替她担心。因为有这么一段前因后果，所以刚才我不由得想到了他。

这种情况自然是该他首当其冲啊。

可是秋野摇摇头，说："他说要是发生什么可就糟了，让我们还是算了。"

我也不想留下呀。话虽如此，我也只能自己在心里嘀咕嘀咕，最后还是无可奈何地说道："明白了，我也留下吧。"

"谢谢。"秋野露出了一抹孤独的微笑。这么说有点儿对不起她，不过她确实很适合这种不幸的表情。

秋野朝礼堂里张望了一下，把高岛学姐叫了出来。学姐拿着小号小跑过来，对我说："叶山同学，谢谢你啊。老是麻烦你，真是不好意思。"

"没有没有，哪儿的话。"不知怎么我感觉还有点儿不好意思。

高岛学姐说话很男性化，直来直往。平时思维敏捷，下达命令时也是干脆利落。当时全场一致同意由她来担任部长也是情理之中，因为她确实是个值得信赖的人，用一句话来总结，她就像是"吹奏乐部的奋斗妈妈"。

个子虽然比秋野要矮，但身板儿老是挺得直直的，所以看上去比她的实际身高要挺拔一些。在教职员工和音乐厅工作人员之间也很受欢迎，对后台工作人员也很了解，市民音乐厅的小哥哥都记住了她，每次去都会问她"要不要来我们这儿工作呀"，这件事连我都知道。我还知道她每次都要找尽借口拒绝。

"我已经说过了，立花学姐的鬼魂是不会出现的，可大家还是很害怕。"

高岛学姐似乎很抱歉的样子，语气也变得十分沮丧。秋野在她耳边嘀咕了一句后，学姐瞪大了眼睛看着我，惊讶地问："叶山同学也留下吗？"

"啊，可以这么说吧。"

"怎么行呢，也太麻烦你了。"高岛学姐慌了神，话说了一半突然停了下来，过了两三秒，她慌张地摇了摇头，"不行，这样可不好。"

什么都写在脸上了。看她这副样子，我更不能袖手旁观了。

"没关系，我觉得挺有意思的，不要紧。部长也很不容易，为了大家居然能做到这种地步。"

听我这么说，高岛学姐还是有点儿苦恼的样子，微微露出一丝笑容。

"谢谢……那就拜托你了。"

"话说，你为什么会来？"

我问一旁的男生。不知为何一脸兴冲冲地走到我旁边的正是戏剧部的阿三，全名三野小次郎。刚才他好像在哪儿偷听了我们聊天，然后突然闯进了画室，说了一声"我也要留下，多多关照哟"。我和这家伙可是从初中开始的交情了，他经常会莫名奇妙地听到别人的秘密，然后就会告诉我，向我询问意见。他好像也不是故意听的，只是一旦让他发现有什么不对劲儿，就忍不住悄悄凑上前去，是个好奇心极强的人，很明显他能听到那么多人的秘密都是源自这个习惯。他以前老是被欺负，不过要我说啊，他这个毛病怎么看都像是欺负别人的那一方。

"你个笨蛋，这样的好差事我怎么可能让给你一个人。那也太浪费了。"阿三喘着粗气。

"好差事？我怎么没觉得呢。"

"喂，你小子，"阿三看着我，"那可是在深更半夜的校舍里呀……跟女孩子亲密度过呀。"

"怎么可能有什么亲密行为啊？"

"看着吧，我会制造机会的。尽可能自然的。"

原来是为了揩油。阿三开始一个人喋喋不休起来。"哈哈。在万籁俱寂的校舍里，只能听见我们的脚步声。在这不安的空气中，小麻衣不由得颤抖起来说'我好怕'。"他兴奋得手舞足蹈，"然后，我温柔地握住小麻衣颤抖的手说别怕，有我在。"说到这里，他用鼻子深深呼出一口气。"小麻衣一定会感动地说'啊，三野君真是太可靠了'，我温柔地用手环住她的肩膀，在她的耳畔轻声呢喃'今晚你特别美哟。这价值百万的夜景，今晚也不过是你的陪衬罢了'。她就会说'啊，三野君你真的好棒呀。自己好像有点怪怪的'。"

"喂。"

"很自然吧？"

"一点儿都不自然好嘛。"

"你可别坏我好事啊。"

"谁管你啊！不过人家秋野有心上人吧。你不可能那么容易得手的。"

但是阿三没有动摇，自我陶醉地说："是啊，所以这正是个好机会。"

"怎么说？"

"东雅彦因为害怕不敢来吧？小麻衣现在一定觉得他不可靠，对他特别失望。'啊，东这个人根本靠不住啊'。"

"秋野可没这么想吧。"

"这正是我闪亮登场的好机会啊。到时我绝对一举拿下。"阿三一把抓住我的肩膀，"我呢，会找个合适的地方与小麻衣一起，还请多多关照哟。到时你也可以尽情地跟高岛学姐享受美好时光哦。"

"喂！"

"不管，我一定要过夜。"阿三握紧了拳头坚决说了一句，"必须过夜。"

他的真实目的似乎就是这个了。看上去没有丝毫的犹豫。

"你这家伙根本不相信有什么幽灵吧。"

"不是哦，我相信。"阿三突然严肃起来，冲着校舍拜了一拜，"我真的相信，所以今晚请务必赐我一个愉快的意外。"

看来他确实不信。

喂，阿三喊了一声，招了招手。关着的后门旁边有人影闪动。是刚才来过的秋野和高岛学姐。两个人都换上了自己的衣服。

"咦，三野同学？"

"他说他也要去，我就把他带来了。"

阿三探身过去，说道："交给我吧。我可比叶山可靠多了。"

"也好，人越多越好。"高岛学姐拿着一个大纸袋，她拿起来朝里面看了看，然后说道："但是这样的话，东西就不够了。"

"什么呀，这是？"

听我问起，学姐把纸袋打开让我们看。里面是郊游时带的那种篮子，放着用料十足的三明治。

"我做了便当。大家晚上肯定会肚子饿的。"

学姐总是这样事事考虑周全。

高岛学姐说了声"咱们走吧"，接着拿着纸袋，飞身跃起跳过了足有一米八高的大门。我跟阿三不由得互相对视。"看见了吗，刚才？"

独自前行的高岛学姐回过头来问："怎么了？"

"没事，这就来。"

我跟阿三慌忙爬上大门。像高岛学姐那样漂亮地翻过去是做不到的，我一边爬一边发出咔哒咔哒，嘎吱嘎吱的噪音，让我很担心会不会把人引过来。我刚一落地，高岛学姐又折返回来跳过大门，原来秋野在那边怎么手扒脚蹬就是爬不过来，学姐是去帮她。

"我怎么觉得，她们根本不需要咱们两个啊。"

阿三沮丧地叹了口气。

夜晚的学校静谧又神秘。操场虽然对着县道，但也没什么车辆，周围的住宅也没有什么动静。我们的脚步声听起来格外响亮。无人的操场仿佛没有边际，让人有一种置身荒野的错觉。环顾左右向远处望去，只能看到树木漆黑的轮廓高低错落连绵不绝。平时在高处见惯了的校舍此刻却凌驾在我们头上。仿佛许多巨兽盘踞于此。背景是青紫色的星空。这场景让人涌起了想要作画的念头。现在是晚上八点四十五分。在这个时间潜入校园，我还是第一次。

一阵冷风吹过操场，我缩了缩脖子，赶紧追上高岛学姐。她正面对着一片漆黑的校舍，完全不把"地狱的阶梯"那段大斜坡放在眼里，快步向上攀登。看不出有一丝恐惧的神情。

"高岛学姐，你好像不怕什么鬼神之类的东西吧？"

"其实我相当忌惮这些。"高岛学姐微微缩了缩肩膀，"但是立花学姐的鬼魂根本不会出现。"

她说得极为肯定，让我有些在意。学姐的态度好像确信不会有幽灵出没。

"你是不相信幽灵的那一类人吗？"

"不是呀，幽灵或许真的存在。但是，那个……立花学姐不会出现……只是大家都很害怕。"

高岛学姐脸上露出一丝苦笑。

"那个，立花学姐据说六月份就突然失踪了吧？"

"对。"

"我也听说她可能已经去世了……不过事实到底怎么样还不清楚。她确实是突然失踪了……难道真的去世了吗？"

高岛学姐斜着瞄了我一眼，然后又看向了脚下，沉默不语。

我们就这样继续上台阶。上了大概八十级左右，开始有点喘了，我能清晰地听见自己的呼吸声。

"抱歉。有关这件事你能不能先别问了？"

"啥？好的，我知道了。"

高岛学姐听上去很是为难，我不会再问下去了。这其中似乎有什么隐情，或者是吹奏乐部内部有什么纷争也说不定。关于这个我就不便深究了。

我们绕过主楼，朝着艺术楼前进。月亮已经出来了，但是艺术楼完全被笼罩在其他建筑的阴影当中，看起来有点阴森森的。不愧是二十四小时都处于阴处的建筑。

"哎？"

高岛学姐停下了脚步。我发现艺术楼里面有一丝微弱的光亮。我们绕到后面，发现二楼的某个房间似乎亮着灯，从窗子里透出昏黄的灯光。

"喂，是不是灯开了？"阿三的声音越过我的肩膀，"不对，如果是灯的话……"

这时我听到了一个声音。秋野小声说："长笛的声音……"

我仔细听去，是长笛。

"秋野，这首曲子是？"

秋野的声音已经开始发颤了："《芦笛》……"

高岛学姐大步走过去，中间甚至跑了起来。我忙慌张地追上去。曲子停了下来。

高岛学姐一动不动地望向二楼的窗户。我也赶紧跟着她的视线看过去。

二楼的窗户亮着灯。窗帘紧闭。那里出现了一个人影……是长头发的，似乎是个女性。她也在往下看？有一瞬间我产生这样的感觉。

这时，人影突然消失了。我仍然呆呆地望着那里，好长时间都没反应过来，然后终于……想想刚才发生的事令人毛骨悚然。

突然之间……消失了。

沉默了几秒，或许是几十秒，秋野发出一声惨叫。接下来阿三也哇的一声大叫出来。窗户里的光亮也消失了。我也好想大叫。刚才到底怎么回事？

"嘘！"

这时意外地听到高岛学姐响亮的声音。学姐一直紧盯二楼的窗户不动。然后她又说了一遍："嘘……是谁，居然做这种事。"

高岛学姐突然跑了出去。

"学姐！"我紧随其后。高岛学姐摸索到玄关的门，哐啷哐啷地摇了摇。

"门是锁着的……"

"学姐。"

"叶山同学，钥匙带了吗？"

"在这儿。"我拿出钥匙，高岛学姐一把抢过去插进门里。艺术楼的锁有点儿老了，一下子打不开。开锁上锁都需要技巧。果不其然，钥匙并没有顺利转动，高岛学姐面无波澜地放弃了钥匙。正当我想着换我来开门的时候，学姐一个手刀，随着"嘿"的一声，门开了。

"叶山。"阿三赶了过来。

"我去看看，你来吗？"

"不去，太吓人了。"这家伙太诚实了。

"那你照看下秋野吧。"

"哦。"

阿三跑开了。他好像也没有料到会在这种情况下与秋野独处。我陪着高岛学姐继续前进，踏进了玄关。

学姐换上了拖鞋，然后快步迈进了走廊。啪嗒，啪嗒，拖鞋的声音响彻走廊。脚下很暗。我被什么木制的东西给绊了一脚，喊了一声。高岛学姐回到我身边，从纸袋里掏出手电筒。

光圈笼罩着走廊，关闭的礼堂的门、卫生间的男女标志、布满裂痕的消防栓指示灯，没有活动的东西。

"刚才是在二楼，对吧？"

高岛学姐的声音响起来。

"对。"

"从南边数第二个房间。"

"是的。"应该没错。

"走吧。"高岛学姐拉住我的胳膊。其实我当下稍稍有点儿发抖，可事到如今总不能说我害怕要留下吧，也不能让学姐先去。我跟学姐借来手电筒，率先走了上去。楼梯非常的暗，但是也没到漆黑一片的程度，借着手电筒的光，还不至于摔倒。走到一半，我突然很想把灯打开，但不知怎么没有说出口。大概是觉得楼里变亮后幽灵就逃走了，至于到底在顾虑什么，我自己也搞不清楚。

二楼。我一边在脑海中的角落默默祈祷千万不要看到什么奇怪的东西，一边借助手电筒的光照亮走廊的尽头。光圈周围的那些破烂儿只能看出起起伏伏的轮廓。那轮廓就像一个个怪物，缝隙间的黑暗也仿佛有怪物藏身其中。我从来不知道走廊里的那些破烂儿在黑暗中看起来竟如此恐怖。简直就像是格吕内瓦尔德的鬼怪图画。

我与高岛学姐一起缓步前行。突然我的脚尖好像踢到了一个立着的伴奏席之类的东西。我拼命抑制住想要大喊出声的冲动。因为学姐还是那么冷静，我要是呀呀地大喊大叫就羞死人了。

从南边数第二个房间是一间狭长的房间。拉门好像上了锁，拉不动。

"钥匙……"

"这是哪个房间？"

"是和乐部。"

各个社团的钥匙应该是由各自的部长保管的。我们摇了摇门，果然锁着呢。这样的话……

门上部有一块五十厘米见方的玻璃。透着玻璃向里面观望，太黑了什么也看不见。我们拿着手电筒照过去，里面是个狭长形的房间。本来是镶着瓷砖的西式房间，硬是被改成了和室。地板上铺上了榻榻米，还放着两个坐垫。正中间摆着一张矮脚桌，上面是一些笔记本之类的东西。墙边有一张掉了漆的椅子。正前方是拉着窗帘的窗户和一个换气扇。房间的角落放着一个纸篓，还有一些坐垫叠放起来。只有这些摆设。真是个煞风景的房间。和乐部在这个房间里练习，所以并没有放什么东西。没有人影。也没有可以藏身的地方。

消失了？

我觉得自己从腰到脖子，整个后背都是鸡皮疙瘩。窗帘没动，窗户似乎也是关着的。不，就算窗户打开了，外面还有阿三和秋野呢。

"什么都没有？"

"对……但是，不应该啊……"

高岛学姐挺直后背，透过门上的玻璃向房间里看。似乎想要确认门下面是不是有什么。果然冷静非常。可是学姐嘀咕着："没人……"

我们面面相觑。

"是这个房间没错吧？"

"没错。"

应该在啊。刚才真真切切地听到了长笛声，也看见了人影。刚才灯也是开着的，可现在却不见了。那不过是一分钟前的事。刚才那个人跑哪儿去了？

"嘘……"

高岛学姐一脸难以置信的表情。"嘘。根本不可能有什么幽灵的……"

可是确实消失了，从这个上了锁的房间。

我环顾了一下左右的走廊，只有那些破烂儿。究竟是怎么做到的呢？

"叶山同学，让我再好好看看。"

高岛学姐从我手里把手电筒拿过去，朝着房间里照了一会儿。最后又一言不发地回到我身边。

"既没有可以藏身的地方，房门还上着锁……"

"难道说……"

她虽然没有说出口，但是已经不言自明了。

"真的是……"

"叶山同学，我们回去吧。"

高岛学姐拉住我的胳膊，说道："咱们去问问三野同学和麻衣。或许他们看见什么了呢。"

我再一次往房间里观看，仍是什么也没有。只好默默跟随在高岛学姐的身后。

第二章

第二天的幽灵

"什么？你说人从密闭空间里消失了？"

这位坐在我面前的折叠椅上，两眼放光，努力探身过来的正是见多识广的文艺部长——伊神同学。也不知道是因为见多识广让他容易受到好奇心的驱使，还是因为好奇心太旺盛才见多识广，这个人也许两者兼有之，而且他对于谜团，或是离奇事件完全没有抵抗力。

"有悬疑的味道啊。"

"是挺悬疑的，不对，搞不好是个怪谈呢。"

"嗯。不过也可能是某个手段高明的人。"伊神同学兴奋地说。

到头来，昨晚是怎么回事也没弄清楚。阿三和秋野都能证明没有人从窗户出来，从外面看窗户也确实是关着的。也就是说，那个房间就像伊神同学说的那样，完全是个密闭空间。后来我和高岛学姐还想再回到楼里调查一下，可是秋野脸色苍白，不停地劝我们别去了，最后只好作罢。秋野本来就有点儿害怕，这下完全被吓坏了。阿三也没了热情，问他意见也不回答，只是一脸僵硬，默不作声。跟阿三分开后，我们把秋野送回去，随后我跟高岛学姐两个人开始一起讨论刚才那个究竟是什么，我们有没有看漏之处，结果没能得出任何结论。我提出只要对吹奏乐部的人保密就可以了，可是认真负责的高岛学姐认为发生了就是发生了，如果有人问起，她只能实话实说。

可是今天一大早，我刚到学校就发现大家已经传开了。秋野没跟任何人提起过，看来是阿三说出去的。而且不知为何，因为害怕等在外面的人变成了我，阿三则是踏入艺术楼的那个。我心里暗骂这个混蛋，不过也没有特意去解释。

如此一来，立花同学的鬼魂在艺术楼出没的故事，就在整个校园里流传开了。对高岛学姐来说更是雪上加霜。

放学时分，大学升学考试中心的测验刚一结束，文艺部长伊神同学就跑来画室玩了。他已经升入三年级了，可是文艺部只有他一个成员，所以他无法卸去部长的职务，他们社团的房间入口处现在还张贴着"急招新成员"的海报，用这招来留住他们在艺术楼里的一席之地。经常劝我加入也有这方面的原因。

言归正传，当我说起昨晚的事，伊神同学的反应有所不同。他似乎一开始就认为是有人在捣鬼。

"你说高明，是觉得有人在恶作剧吗？"

"咦？"伊神同学好像很意外地睁大眼睛，"你不这么认为吗？"

"不，这个嘛，我也是这么认为的。要是这样就好了。"事实上，我有一半相信也许是幽灵作祟，"我想了一整晚，尽可能冷静地思考整个过程，可还是想不明白，会不会真的是幽灵呢？阿三也这么说。"

"三野同学嘛，"伊神同学摸了摸下巴，"与你相比，他算是现实主义者。"

幽灵出现之前，他确实是个现实主义者。

"那个，你凭什么确信这是次恶作剧呢？"

"我也说不上什么确信。不过要真是立花的鬼魂，那么……"伊神同学愉快地歪着脑袋，"为什么她非要在你们去找她的时候出现，然后再消失给你们看呢？而且她之前为什么要在没有人的夜晚出现，她应该不想见到大家吧？"

"啊。"

伊神同学的表情说不上是开玩笑还是认真的，他接着说下去："另外还有很多不可思议的地方，确实挺有意思。你们听到了长笛的声音吧？也就是说，至少这个乐器在某种程度上是可以让空气发生震动的实体。可是连乐器都从房间里消失了，难道是什么所谓的隧道效应吗？另外，在引起你们的注意后声音就消失了，这一点也很可疑。等一下。你说房间里的灯开了之后又关上了，这也就是说立花的鬼魂可以触摸电灯开关吗？哎，说起来她的影子当时还映在了窗帘上了吧？鬼魂不都是透明的吗，不太可能映出什么影子吧。嗯……"

"啊……确实。"

"反正我这么一想，就觉得不像是什么鬼魂作祟，反而更倾向于是谁在恶作剧，沿着这个想法，我产生了很多疑问，是谁用什么方法做的？为什么要这么做什么的？不过我还没有想明白。"

伊神同学慢悠悠地跷起二郎腿。看样子还要再坐上一会儿了。

"而且，传闻的内容也相当奇怪。叶山同学，你听了传闻之后不觉得有什么地方怪怪的吗？"

"说起来好像是有一点儿。"我想到当时听了秋野的话之后，确实感觉哪里不对劲。

"吹奏乐部里确实流传着'壁男'的传闻，我也听说过这个。"

"啊，是吗？"

"嗯。但是，立花的鬼魂我还是第一次听说。"

"啊，这样啊。"

我终于搞清楚哪里不对劲了。那个传闻，前半部分和后半部分根本就是完全无关的两件事。说得更明白一点就是立花的鬼魂这部分内容有一种生搬硬套的味道。

伊神同学很快得出结论。

"壁男和立花的传说应该有不同的出处。不过最近有人特意把立花的鬼魂和壁男联系在了一起。"

"可是，为什么这么做呢？"

"这个我还不知道……不过，要是有人刻意为之，那昨晚上发生的事就是个圈套吧？可能是有人为了增加传闻的可信度而演的好戏。喂，叶山同学……"伊神同学满脸喜色地看着我，"小光，也就是高岛学姐也觉得非常困扰，要不我们成立一个放学后侦探团怎么样？"

伊神同学好像乐在其中，但是他似乎并不打算亲自行动。他说要思考关于这个骗局的事，自封为安乐椅侦探，黏在画室的椅子上就不动了。我再问什么他都是一副爱答不理的样子。

不管他了，有几个疑点我要亲自去调查一下。

首先我来到案发地点——和乐部的房间。古朴的琴声传入耳中。里面有两个女生正在练习的样子，面向古筝而坐。我小声说了句"打扰了"拉开了门。两个人同时抬起头，见到是我，不知是欢呼还是惨叫，很快像猴子一样飞扑过来。

"欢迎欢迎！请进请进呀！"

"快请啊，千万别拘束呐，快请进来。"

她们一边一个抓住我的胳膊。我还没搞明白怎么回事就被她们拽进了屋子里。

"那个……"

"呐，快请到这边坐！来个坐垫。"

"是"另一个人朝房间的角落跑去。

"那个，我是……"

"来，请坐，不要客气呐，我们非常欢迎你。"

"欢迎欢迎呐，热烈欢迎。"

她们时不时会加一个"呐"，我完全搞不懂什么意思，她们大概是把我当成想要加入社团的人了。接下来就是各种问题攻势。

"你喜欢和乐吗？"

"是第一次接触和乐吗？有没有接触过什么乐器呀？"

"那个……"

"是一年级的吗？啊，不管几年级我们都欢迎哟。"

"有没有什么想要尝试一下的乐器呀？要不要现在跟我们合奏一下试试看？"

"你怎么想到要来我们这儿的？你的朋友想不想加入呀？"

"有没有什么喜欢的曲子呀？"

"喜欢源氏物语吗？"

"不是，那个……"还没等我说话，她们已经击掌庆祝，然后激动地抱在了一起。

"第三个人来啦！来了一个男生呀，学姐！呐！"

"老师一定开心坏了！终于可以三重奏了！呐！"

"那个，不是这样的。"

"啊，没学过不要紧哟，咱们有指导老师，我们也会从头开始教你的。"

"不是，那个，很抱歉……"

"诶？"她们终于安静下来了。我慌里慌张地说道："关于社团的事，我已经加入美术部了。"

"啊，同时加入也没有问题哦，有空的时候来就可以。"

"你什么时候有时间？我们跟老师碰一下。"

我已经说不出话来了。

突然闯入这个房间是我太大意了。文化类社团除了吹奏乐部之类的人数尚可，其他社团大部分都严重缺人，比如说合唱部因为没有男生，就要有人来兼任男高音的角色，棋道部没有对战的对手，只能整天研究棋谱。他们为了社团能够存续下去已经几近疯狂，只要踏进他们的房间，不管来者何人都要拉人入团。

她们见我一直默不作声，终于察觉到有点儿不对了。

"那个，你怎么了？不舒服吗？"

"抱歉，我们有点儿太激动了。那个，你先放松下来，我们已经是伙伴了嘛。"

我很抱歉不能加入她们，不过我得先把要紧事说出来，不然什么也问不出来。我别开视线说道："那个，真的非常抱歉。"我简直想给她们跪下，"我不想入社。"

"啊，那你是来体验的，欢迎哟。"

"不，不是的。"

"啊，就是来参观一下，那我们也欢迎。"

"不是，也不是来参观。"

两个人茫然不知的视线刺痛了我。怎么会变成这样啊，我一边想一边诚惶诚恐地开口："那个，我有几个小问题想请教一下。"

那个叫真野的女孩笑着说："之前有一个人还问我们'什么是和乐呀'。"

"不是，那个，我想问问关于这个房间的事。"

那个学姐模样的女生环顾了一下，抱歉地说："不好意思，我们只能在这里练习。但是如果有三个人了，我可以去交涉一下。"

"锁门了吗？"

"什么？"两个人一起脱口而出。

"我说昨天晚上，那个，入口那扇门上锁了吗？"

"啊？"

两个人一副失魂落魄的样子，肩膀也耷拉下来。终于可以好好说话了。那位叫真野的女生看了一眼学姐，问道："你还记得上锁了吗？"

"应该是锁好了回去的……"学姐抬起头看着我，"我记得应该是的……"

这个答案一点儿也靠不住啊。

"那个，锁没锁门……很重要吗？"

"现在看来，非常重要。是关于昨天晚上的事。"

真野同学反应过来了。"啊，那个呀，我今天早上听说了……这里好像出现了幽灵吧。"

"对。"

"啊，难道说你就是三野同学？"

"不是，我是叶山。"

"啊，你是被吓坏的那个人啊……哎呀，抱歉。"

"没关系。"三野这个混蛋。

"真野，发生什么事了？"学姐好像不知情。我简略地把昨晚的事说了一遍。学姐对事情有所了解后，终于做出了反应。"也就是说，你想要确认一下有没有人可以潜入这个房间恶作剧，对吧？但我回去的时候应该是锁了……"

"有没有可能昨晚忘了锁？"

"这里的钥匙是由我保管的，一直都是。"学姐从口袋里哗啦一声掏出了钥匙。她的钥匙扣是一个弹着日本三弦的男人，不知道在哪买的，"昨天我五点以后才回去的，我记得那时是锁了门的。如果你来的时候门是锁着的，那我应该就没忘锁门。最近我也没有把钥匙借给过谁……"

"对，应该是这样……"这位学姐似乎总带着模棱两可的语气。

"那窗户也锁了吗？"

学姐转回头看了一眼窗户，答道："锁着呢。立冬之后很少打开了。"

我已经记不得哪天是立冬了，总之窗户开着的可能性基本没有了。这么一来还真成了一间密室。

我不经意地嘀咕了一句。

"有没有备用钥匙啊？"

"……没有吧，我觉得。"学姐看了真野一眼，真野同学也摇了摇头，说："我也不知道。"

"至少从文化祭以后，就是我在保管钥匙了。也没丢过……"学姐如是说。似乎也不大可能是有人偷走又配了一把。

"难道说，这屋子里有什么密道……"我仔细打量着这个房间。比我昨晚看到的时候要宽敞一些，但是也看不出有哪里能藏人的。

"昨天，你们是把房间里的灯关掉才走的吗？"

"对。"

学姐点点头，真野同学也在旁边附和："这个不会错的。学姐在这一点上特别细心。她不久前有个兼职的面试，她面试结束后，离开房间的时候，直接把灯给关了，吓了面试官一跳呢。"

"真野，讨厌，胡说什么呢。"学姐满脸通红。

"当时你很沮丧，觉得自己一定落选了，没想到对方却觉得你做事非常仔细。反而把你给录取了。"

"原来如此啊。"能做到这个程度的人，基本不太可能会记错的。

真野好像很善于聊天。我预感到她说不定能带给我什么提示，于是我把重点转到她身上来提问。

"今天来活动室的时候，有没有什么地方不一样？"

"嗯，屋子里有不少灰尘，我以为是没有打扫的关系……"

"哦。"

"别的呢……啊，有了。"

"想到什么了吗？"

"对。中午，我吃便当的时候居然看到蟑螂了。"

"啊？"

"你不觉得很不寻常吗？这么冷的冬天居然有昆虫耶。而且还会飞……被我用拖鞋拍死了。"

"啊。"

"我扔在那边了。你要看吗？"

"不，不用了……其他的还有没有什么？"

"差不多就是这样了。"

算是白问了。真野同学莞尔一笑，道："叶山同学，你好像警察啊。"

"啊？是吗？"听她说我像警察，我又打起了精神，这次我准备审问一下学姐。

"最近你身边有没有发生过什么奇怪的事？比如有人潜入你们活动室之类的，你能想到的，不管多小的事都请告诉我。"

"没有，你说的这些好像……"但是正当学姐要否定的时候，真野同学突然发话了："啊，学姐，有一件啊。不过不是我们部门啦，你忘了吗？

昨天的事。”

“啊。”学姐好像也想起来了，“戏剧部进贼了，你是说这件事吧。”

“戏剧部？”

“昨天沙织，哦不，戏剧部的柳濑提起过。戏剧部的库房好像进了小偷。”

“就是。”真野同学附和道，“所以昨天我们还说一定要把门锁好。昨天肯定不会忘了锁门的。”

“啊，没错，我都给忘了。”

“喂，部长，你可清醒清醒吧。”

这两个人似乎平时就是这样。学姐又一次羞红了脸。

“抱歉，刚才我给忘了。”

“不会……丢什么东西了吗？”

“这个嘛，详细的情况我们也不清楚。”

只能直接去问柳濑同学了。我的心中充满了不安。如果我接下来跑去戏剧部的活动室，绝对又是一场声势浩大的劝诱等待着我。

总之，下一步该去哪里已经决定了。这一趟还是有所斩获的。最后，为了慎重起见，我又问了问她们两人昨天幽灵出现的时间在做什么，不出预料，两个人都说回家了。这两位一心只想招贤纳士的同学，不敢相信自己的活动室里出现了幽灵，而且搞不好以后来参观的人可能会更少了。

学姐对此深表担心，还问我这间屋子闹鬼的事儿流传有多广。

“原本这个传闻只在吹奏乐部里流传……”

学姐和真野同学互相看了看，同时失落地耷拉了肩膀。

“啊……”

“说不好呢，我想现在也没有流传得很广吧。”我心说不好，马上又补上一句，但是已经迟了。

　　自己好像做了什么坏的事情，不过还是趁她们继续劝我加入之前赶快开溜。但是学姐把门一关，眼中闪着光芒地对我说："那个，如果感兴趣的话，就再来玩儿啊，我们一直欢迎你。"

　　真野同学趁火打劫道："我先把你的名字记在我们的名单上啦。期待你来活动哦。"

　　我也没有其他想问的事了，暂且跟她们道了声再见。

　　接下来是三楼。我来到戏剧部活动室敲了敲门。咚咚哒哒，一阵脚步声走近，门开了。开门的女孩啪的一下精神焕发地转身跟房间里的伙伴说："学姐，新来的到啦。"

　　一阵疲倦涌了上来。

　　"真是稀客呀，叶山同学居然到我们这儿来了。今天你来所为何事啊？"

　　"那个，其实我是来申请加入戏剧部的。"

　　"真的？好高兴啊！你终于肯说实话了呀！"

　　"是的。过去是我眼拙，没有发现戏剧的魅力。真是蠢啊。柳濑同学明明都邀请过我多少次了，都是我不识抬举。"

　　"年轻人嘛，总有看不清的时候。"

　　"不过以后不同了。现在我终于发现了，我的青春就该挥洒在这里！"

　　"戏剧之路任重而道远哦。"

　　"我已经做好心理准备了，如果能跟你一起走下去的话……"

　　"叶山同学……"

　　"可以喊'咔'了吗？"

除了最后这句，我一句话都没说。全是柳濑一个人的自导自演。背景是戏剧部同学们扑哧扑哧的笑声，还有人在小声哼着 BGM。

"哎，这就演完了？"阿三居然不知从哪找出了一个灯球。

"这是用来给床戏照明的，要试试吗？"

"这种东西谁要试啊！"

"哎呀，叶山同学特别容易害羞嘛。"柳濑终于恢复了正常，"所以我就想着来替他表达吧。"

"你这倒是挺像阿三的风格，算了，那些都无所谓了。"我终于踏进了他们的活动室，"我来是有事要问问。"

"问我？讨厌嘛，叶山同学，居然都追到活动室来了，真是积极啊。"

"也不是非你不可……我听说你们库房昨天进贼了？"

"啊。"阿三把灯球收起来答道，"昨天粗略地看了一下，好像也没什么东西被偷了。"

"这样啊。那为什么说有小偷呢？"

"那是因为锁被弄坏了。"柳濑说，"想不想去现场看看？"

"好。"

戏剧部的库房就在活动室的斜对面。里面放着舞台照明装置之类的东西，价值几十万呢，所以这里必须要上锁。

"本来嘛，我们这边放的器材都是二手的，也没什么值得偷的。"

"是吗？"阿三也跟着说道，"我想在家里放一台极光机呢。"

"摆那么个东西有什么用啊？"柳濑把门打开。门锁已经取下来了，只剩下之前拧螺丝的洞。

房间里堆得满满的，连地板和墙面都看不见了。不过细看就会发现积满灰尘的纸箱背面挂着衣服，衣服里侧隐约可以看见一个金属架子，上面放着成捆儿的文件。乱中有序，只是东西太多，都从架子和柜子里溢出来了。尽管如此，想要在屋里走上一圈也是不太可能的。就算可以在其中发现很多有人在用心整理的痕迹，眼前的光景仍然让人头晕目眩。矮脚桌、聚光灯、盔甲，还有道路交通标志都统统摆在一起，怎么可能让人不觉得混乱。

"得收拾收拾啦。"柳濑感慨了句。是啊，这样子根本不可能知道什么东西放在了哪儿。

我两三步跳进房间，小心不要踩到脚下躺着的模特脑袋。

"就算小偷有想偷的东西估计也找不到。"

"想偷的东西……的话。他想要什么呢？"柳濑抱起胳膊。

这个东西就在戏剧部的库房里。从矮脚桌到折叠床等一系列的家具。从中世纪贵族风格连衣裙到战国武士风铠甲等等，各种服饰应有尽有。造烟机、电灯延长线等各式照明器材。剧本、化妆套盒、道具小刀等等，诸如此类。小偷的目的是什么呢？从没有东西失窃的角度来考虑，入侵者并没有用心找，或者目睹屋子里的情况后随即断了念想。

"话说你是从哪儿听说的啊？"阿三在门口附近一边整理着散乱的彩色滤镜一边问我。

"是和乐部那位……叫什么来着，总之是部长她告诉我的。"

"和乐部？"阿三停下了手，"你对这件事很有兴趣吗？"

"你还好意思说我呀。艺术楼里的人差不多都有兴趣吧。昨天的那件事，我始终想不明白，于是去做了一些调查。"

"哎——那现在明白了吗？"

"没有，越来越搞不明白了……不过伊神说这是一个诡计。"

我一步一步地仔细看着脚下才回到门口。向柳濑道了谢准备出门，她浮夸地露出一副伤心的表情。

"你来这儿就是为了这个？没忘了什么吗？"

"啊，没什么别的事了。"

她突然又换上一副笑脸，说道："那咱们换个话题聊聊吧，叶山同学，你不想到舞台上试试吗？可以让你做候补主角哦。"

结果还是要劝我加入社团。

回到画室，伊神同学还在坐着呢。

"回来啦。情况如何？"

"我加入了和乐部和戏剧部。"

我把打听到的信息说给他听，伊神听后嘴巴滑稽地一咧说道："搞不好是个大收获啊。"

"是吗？哪部分啊？"

"我还没听说过戏剧部进小偷的事。我想，这件事能给我们很大的启示。"

"但也有可能一点儿关系没有啊。"

"也有这种可能性，不过这个时机赶得太巧了。你不觉得有点儿巧合过了头吗？"

嗯，这倒也是。

"不过好像什么都没丢呀。"

"可能他们检查得不够仔细呢？也有可能那个小偷昨天偷了，今天早上又送了回去呢。"

他这么一说好像也有道理。

伊神同学开始嘟囔个不停了，好像开始动真格的了。

　　"……戏剧部的话，音响器材、长笛的声音……不，照明器材？那里的确有人形模特……"他又站起身来开始一圈一圈地转，边走边说："长笛的声音和人影。而且这个人影还突然消失了。再加上灯亮了之后，又灭了。在那之前……"他停下脚步突然转向我，"你听到的长笛声是从房间里传来的吗？"

　　"这个，我也不知道啊……"

　　"就是啊，你不可能知道。"放下这个问题，伊神同学自顾自地点着头。

　　"那个啊，大概是录音吧。要是真人吹的，那嫌疑人就没剩几个了。"

　　伊神同学又迈开了步子，像个卫星一样围着我一圈一圈地转，这让我多少有点儿紧张。

　　"那个消失的人影，是立花吗？"

　　"不是，只是个影子而已。而且我根本没见过立花同学。"

　　"这样啊。当时那个影子消失时什么样的感觉？是呼的一下消失，还是嗖的一下消失，或者说是哗的一下消失？"

　　其中的区别我也搞不明白，只能回答道："当时就是一瞬间的事……不过那个人影消失的方式倒没有什么特别。"

　　"嗯……不好办。"他又朝着反方向转，"和乐队的人那天把房间的灯关好了才走的吧？"

　　"对，她们是这么说的。"我还把那段毫无关系的小插曲讲了一遍。

　　"这么说照明是最关键的问题。嗯……"

　　是的，开关就在房间里。电闸倒是在走廊里，可以操作，但如果房间里的电灯开关是关着的也就没有意义了。

　　伊神同学又转了一会儿，突然抬起头来。

　　"啊，抱歉。我没什么问题要问了，你可以不用在这儿等了。可以放

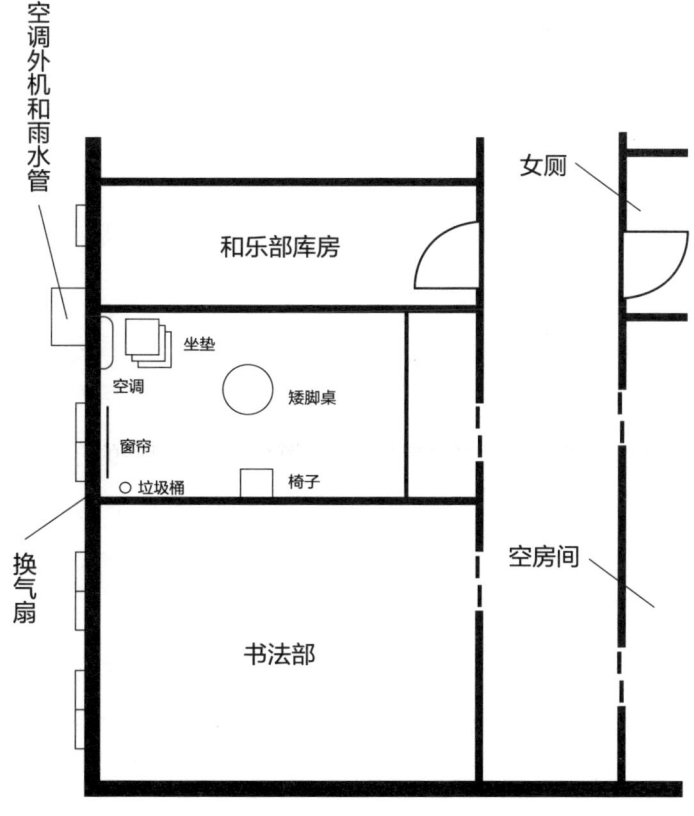

和乐部活动室的情况

松休息一会儿，或者接着去画画。"

他在距离我这么近的地方转来转去的，我什么都做不成。于是只能站了起来。"我还有点儿事想去打听打听。"

自己好像变成了给伊神同学打下手的。说也奇怪，只要跟这个人在一起我总会有这样的感觉。

但不知为什么这并不会让我不舒服。

这次我打算去吹奏乐部走一趟。我突然想到了一件让我十分在意的事。

首先我们假设昨晚的闹鬼事件是一场骗局。但是谁会做出这种事，又是为什么这么做呢？伊神同学认为关于立花同学那段传闻是有人后加上的，那么为什么要加上立花同学呢？

这位立花同学是问题的关键。因为她比我大两届，所以我没有见过她。大家都说她失踪了，她是怎么失踪的？其中的经过是什么样的？而且我最不能理解的是昨晚高岛学姐的态度。很明显她不愿意回答我的问题，她当时到底为什么对我说"能不能先别问了"。以高岛学姐的性格，如果她不愿意回答就会很明确地说"我回答不了"。她的态度过于暧昧，让整件事都变得扑朔迷离。

大家的集体练习似乎已经结束了，礼堂里三三两两留下几个人在单独练习。在角落里练习低音大提琴的朋友发现了我，抬起了手跟我打了个招呼。

"哟，叶山，腰还好吗？"

"腰？"

"听说你昨天看到幽灵，吓得腰都软了。哈哈哈。"

"什么情况啊？"

他添油加醋地说着。

我搜寻着高岛学姐的身影，可是哪里都没找见。正当我四处乱转找人的时候，与东同学四目相对了，他正靠在墙边，耳朵里塞着耳机，好像在听些什么。

"嗨。"东取下耳机，慢悠悠地站起身来。

我面对东同学的时候，总会萌生出一点儿敬意。他好高啊，足有一米八五左右吧。

头发随意地染成了棕色。精心描好的眉毛上随意地安着一个闪亮的眉钉。看上去有种坏坏的感觉，但是却不邋遢，反而还很清爽。吹奏乐部的成员当中很少有像东同学这样每天都打扮得很时尚的人，他每天会穿着名牌鞋子和饰品来搭配校服，但是又不会引起大家的反感。这件事看起来容易，其实需要极难的技巧，而东同学就深谙此道。像他这种类型的人，比起吹奏乐部更适合轻音乐部，可是他本人却觉得"轻音那帮家伙也太逊了"，所以讨厌他们。虽然高岛学姐说"从没见过东练习"，但是他的萨克管（他本人喜欢叫'萨克斯'）水平相当高，可能是在哪儿偷偷进行特训的吧。

"我也听说了，昨天吓坏了吧？"

"嗯，说起来确实有点儿吓人……高岛学姐已经回去了？"

"应该还在吧。"东在礼堂里看了一圈，"找高岛有事？"

"有点儿事。不过晚点儿再找她也没关系。"

东同学悄然靠近。他的目光非常锐利，给人的感觉就像山猫一样，被他接近就会被咬住，我不由得后退了一步。不过这个人要是山猫的话，那秋野就是他的猎物，这么说是不是不大合适。

东同学啪的一下把手拍在我的肩膀上，吓了我一跳，他意味深长地说："喂，高岛这个人啊……"

"哎。"

"昨天留下的其实是你吧，跟高岛一起？"

"是啊。"

"关于高岛……"东同学把声音压低，"昨天，你没觉得她哪儿不对劲吗？"

我有点儿吃惊。我正是为了这件事来找她的。

"有一点儿……"

"那家伙好像在隐瞒什么对不对？"

看来东同学跟我想的一样。我不是喜欢跟人闲聊的人，但他的话让我很有兴趣，于是反问了他一句。

"东同学，你听说过什么吗？关于立花同学的事。"

"没有，高岛什么都不说……不过那家伙很奇怪啊。听到这个传闻后，她就一直在坚持说'不可能有什么幽灵'。"

"她跟我也是这么说的……"

"说起来，昨天很恐怖吧？正常人谁会愿意去蹚这个浑水？"

"嗯，昨天她确实让我也吃了一惊。"

"啊，那家伙就像是个男人似的……不过你觉得高岛看起来有害怕的样子吗？"

"没有……这个，就是这一点……"我也跟着小声耳语起来，"怎么说呢，好像她从开始就知道是骗人的。"

"可是进楼之后一个人也没有吧？就算这样，她还是那么镇定吗？"

"她稍微有点儿吃惊，总的来说还是相当冷静。"

"不奇怪吗？总觉得……"

"怎么说呢，就好像……"我还在犹豫到底要不要说出口，可是东同学已经摆出正要侧耳倾听的架势，"……立花同学，好像还活着。高岛同学好像知道什么。"

"真的吗？"东同学大声问。他四下环顾一圈又转向我。

"这到底怎么回事啊？"

我把昨天跟高岛学姐的对话告诉了他。当我问她"是不是死了"的时候，她的回答是"别问了"，所以我觉得立花同学没准尚在人世。

"只有这样？"东同学马上没了精神，重重地叹了口气，"……但是高岛如果知道的话，为什么不告诉别人呢？"

"我就是来问这个的嘛。"我又再次巡视了一遍礼堂，还是不见高岛的人影。

"不过，这件事能不能暂时保密？高岛学姐不知道为什么好像并不想说出去。"

东同学点点头说："但如果真是这样，那立花学姐现在人在哪儿？在做什么呢？"

"不知道。我连她怎么失踪的情况都不知道……东同学，你听说过什么吗？"

"这个嘛……"东同学把嘴向下撇成了倒着的 V 字，抱住手臂。这个人除了偶尔会露出爽朗的笑容以外，平时都没什么表情，所以我是第一次见到他这个样子。

"当时没出什么乱子吗？"

"那倒不是，当时引起了很大的骚乱。现在想想，可能就是在那个时候，有些跟她关系不好的人就造谣说她死了，于是流传到了现在。我也相信她死了。"东同学露出一丝苦笑说，"被耍了。"

"她身边的人就没有一个知道来龙去脉的吗？"

"这个我也不清楚，或许有人知道也说不定。"

出来调查一圈也没什么损失。虽然没有得出答案，但我觉得把这些收集到的情报说给伊神同学之后，他一定能得出什么答案。我好像已经把伊神同学当成了某种超级计算机一样的存在。

"立花同学是哪个班的，你知道吗？"

"是四班……你还要接着调查吗？"

"我想再试试看。我要是知道了详情，一定告诉你啊。"

"靠你了……啊，不愧是百目鬼的学生。"

"那么，我就从他们班下手吧。"

我不知不觉间，已经把放学后的侦探团当成自己的使命了。不过团里只有我一个人在行动。

我快步离开礼堂。

又一次回到画室时，伊神同学已经不在了。百目鬼老师好像也没来。这个时间，百目鬼老师如果没来画室，那很有可能他已经早早回家了。我琢磨着他会不会还在教师办公室呢，于是朝着主楼走去，在走廊里碰到了正要去停车场的百目鬼老师。他果然要回家了。

百目鬼老师看见我便停下了脚步说："喂，叶山。拜托你把门锁好啊。"

"老师，你这是要回去了吗？"

"啊。对，我的创作暂时告一段落了。"

这不是重点吧，现在还不到五点呢。我微微愣了神。这个人好像来学校根本不是为了工作，而是为了创作。

或许高中老师就是这个样子吧。以前我就听一位教育实习生提起过，说高中老师不一定是想做老师的人，里面还有相当一大群人是研究者，或者是想成为作家之类的。这么说来，某位体育老师以前曾是日本国家队的选手，某位书法老师现在仍是很有名的书法家，有'一笔万金'之称。对于他们来说，那些才是他们的本职工作，教育工作反而是捎带着随便做做的。以前，现任教职员工做问卷调查时，有道题是"平时几点离校"，其中有百分之一的人回答是"五点前"，看来就是这群人没错了。

看他这副样子，我对他也没抱什么期望，姑且问问好了。

"老师，你也教三年四班的课吧？"

"没错。"百目鬼老师稍显意外。说起来，我好像没有跟这个人聊过艺术以外的话题。

"你是要问我立花同学的事吗？"

百目鬼老师突然反应过来。脸上露出一副警惕的神情。

"立花……她，怎么了？"

如果伊神同学在这儿，一定可以随机应变，循循善诱，让老师知无不言。但是我做不到。

"我听说她失踪了。然后我就在想其中会不会有什么隐情啊。"

百目鬼老师一动不动地盯着我看了一会儿。

"……你认识立花吗？"

"是的。其实……"

讯问的基本好像就是在不暴露自身情况的前提下让对方开口，但在我身上并不适用。我把至今发生的事适当省略地讲了一遍。百目鬼老师什么也没说，表情中透露出只有在创作时才会出现的认真劲儿。

"那件事儿已经传开了啊。"

"是……主要是在吹奏乐部里流传的。"

百目鬼老师眉头紧锁，食指一直在摸着鬓角，嘴里叨叨咕咕。我猜他是想找一句恰当的话来打发我。

"立花……失踪了，没想到会能被传到这种程度。"

"也就是说……"我赶紧趁势追问，"立花同学她还活着？"

"活着呀，这是当然的啦。"百目鬼老师爽利地回答。

我感觉就像身体上的那个塞子给拔掉了一样，全身都软了下来。

"果然是这样啊！"

"她正式退学是在六月。怎么说呢，里面也有些原因吧。她都已经搬家了。"

"退学的理由是？"

"抱歉，这个我不能说。"

"那个，您能联系到她吗？有没有联系方式什么的？"

"不好意思，这个我也不知道。她搬家的时候已经不再是我们的学生了。"

"不会……但是……这样的话……该怎么办才好呢？"

立花同学还活着，就说明幽灵是冒牌货，这一点已经很清楚了。但是，现在的情况该如何向吹奏乐部的同学们解释呢。说她还活着，但是因为一些原因退学了，这样的话大家就会问她为什么退学。说句"我不知道"能让大家接受吗？搞不好大家可能会认为我在说谎，谎称百目鬼老师知道真相，这样一来谣言就愈发不可收拾了。

百目鬼老师满脸慨叹地说："没想到居然传出这样的谣言……真是不好意思。谢谢你告诉我。"百目鬼老师似乎完全没有预料到事情会发展成这样，然后像是给自己打气一样摇了摇头。

"现在我已经知道了。刚才我的回答不是很完整，嗯，最近我会想办法解决的。"

"好的。"

看来老师们还不知道。现实情况绝对没有这么容易解决。如果不知道我们昨晚看到的那个东西是什么，一切都无从下手。

我跟百目鬼老师告别，回到艺术楼，上楼梯的时候在二楼碰见了伊神同学。他正在跟高岛学姐说话，秋野也在。伊神同学看到我后招了招手。接下来他说道："叶山同学，看来谜团已经解开了。"

听他这么说，我吃惊得差点跌个跟头……这个人已经不止是超级计算机级别的了。

从夏洛克·福尔摩斯到警部补*古畑任三郎，也许所有的名侦探一族都喜欢让别人着急。说得严重一点儿，就是一群我行我素，喜欢戏弄别人的怪胎。所以伊神同学也是一个我行我素，喜欢玩弄别人的怪胎，就爱看别人着急，从这几点来看，他绝对是个如假包换的名侦探。我对此深信不疑。

这位自称已经把谜团解开的伊神同学，整个白天都没有告诉我只言片语。看来伊神同学为了调查昨晚的详细情况，将高岛学姐和秋野叫到现场，仔细地盘问了一遍。我问秋野刚才发生了什么。

"他开始的时候一句话也没说。但是过了一会儿就突然开始东张西望的。"

"然后突然把对面那个房间的门打开，又关上。"

"再然后他就笑了起来。"

秋野前言不搭后语地说着。

"啊哈哈哈。其实非常简单。简直蠢透了。"

伊神同学说着笑起来，但也没有给大家解惑，只说了一句"今晚八点

---

*　警部补，日本警察阶级之一，位居警部之下、巡查部长之上。一般负责担任警察实务与现场监督的工作。——译者注

来艺术楼就知道了"，便匆匆消失在三楼。高岛学姐目瞪口呆，秋野更是莫名其妙。

"他说谜团解开了……是真的吗？"

看他轻描淡写的样子，连高岛学姐都半信半疑。我其实跟学姐是一样的感受，只是既然他都这么说了，我也只有相信的份儿了。

北风吹个不停。本来就够冷的，这风还偏偏刮出"嗖——嗖——"的声音，更让人难以忍受。

既然伊神同学那么自信满满，我们也只能忍耐。按他说的，我和高岛学姐，以及秋野今晚仍留在这里。东同学也来了，不知道阿三为什么没来。现在是晚上八点零五分前后。今天的风比昨晚还要阴冷狂暴，我们四个像乌龟一样把身体缩成一团，在后门集合。但是不见伊神同学。

"为什么让我们在这个时间来啊？"

东同学现在还没有信任他。

"大概是要给我们现场演示那个骗局吧。"

"他能行吗？"

"……可能吧。"

我也没什么信心。

"他真的知道吗？"

东同学的眼神有些不满。

"啊，应该没问题吧。不然为什么要把我们叫到这么冷的地方来。"

我不知道为什么，开始胃痛。总之现在也只有相信伊神同学了。

"伊神学长，已经来了吧？"高岛学姐转身看着校门。

"不知道。"

"叶山啊，你后来又听他说过什么吗？"

"没有，什么都没说。"

别说知道什么，我后来都没有见到他。当我回到画室时，就见他在椅子上给我留了一张字条，上面只写了"除了小光，你再叫些吹奏乐部的人过来。时间是晚上八点，地点在后门就行"。伊神同学为什么要给我留字条呢？难道是因为他讨厌发信息？总之，我还是像一条忠实的狗一样听从了他的指令。我刚才发信息告诉他已经集合完毕，但是他没回复。所以眼下，我能做的只有像条狗一样忠实地等着伊神同学。

"其实根本用不着搞什么实际演习，他直接说给我们听不就得了嘛。"东同学的话简直太有道理了。

"他可能觉得如果不实际演习的话就没有说服力。也是为了慎重吧？"

高岛学姐替他说了一句。不过我还是说出了我的想法。"或许他只是单纯地想让我们看他演出。"

之后的几分钟，因为天气太冷了，大家都没有说话，正当我两鬓开始冒冷汗的时候，终于收到了信息。

（标题）进艺术楼里来。

（正文未输入）

伊神同学的信息为什么是命令的语气。

"我们可以进去了。"我宣布道。接下来就是伊神同学负责了，我已经卸下了肩上的重担。

翻过冰冷的大门。跟昨天的步骤一样，我们首先穿越操场。在地狱的阶梯时，突然有人从后面拍我肩膀，我吃了一惊，差点跌下去。这个人刚才到底藏在什么地方了。

伊神同学穿着黑外套，围着黑围巾，像个忍者一样登场了。"这么冷的天，难为大家都来了。"

"吹奏乐部的人，我给你叫来了……这样可以吗？"

"三个人啊……"伊神同学来回看看秋野他们，鼻子里哼了一声说，"人有点儿少啊，要是吹奏乐部的孩子们都能来就好了。"

"我是来听你解释昨天晚上的事的……你真的能解释清楚吗？"东同学反问道。

"我一定会解释清楚的哟。"伊神同学背对着我们，先一步往前走去，边走边说道："我只是觉得让你们亲眼见证会更好。"

"为了推翻这个谣言，你要为我们演习吗？"

是这道理，空口无凭，如果能实际演习给大家看效果当然会更好。我有点儿后悔了。

"对不起，早知道我就多叫些人来了。"

"没事，我就是想做一次试试看。"

大家向艺术楼走去。伊神同学头也不回地说道："为了以防万一，我要逐一确认现在的情况跟昨晚是不是一致的……小光。"

"到。"被直呼闺名的高岛学姐就像在课堂上被点名一样。

"昨晚，和乐部的房间是亮着灯的吧？就像这样。"

我的视线越过伊神同学，瞄向艺术楼的里面。的确亮着黄色的灯光。伊神同学止住了脚步。

"然后你们就听到了音乐……"

"对。"

高岛学姐刚刚点头，就听到不知从哪儿传来了威尔第的《安魂曲》*。
秋野吓了一跳，身体一僵。根本没必要选一首这么恐怖的曲子吧。

"怎么回事啊，是谁在弹？"东同学小声嘀咕着，"难不成进行演奏
的是整个交响乐团？不对，演奏得太好了……是职业的吗？"

"为什么要选这首曲子啊？"

"没什么啊，就是想吓吓大家。"伊神同学轻描淡写地说着。然后他
转过身来说，"……现在咱们来说说吧，当然，昨晚你们听到的音乐也是
录音。播放设备并不需要特意放到和乐部的房间里。没人能一下子判断出
声音是在房间里面发出的，还是从房间外面传来的。"

音乐渐渐停了下来。

"接下来，小光他们就向着有灯光的方向找过去了。"伊神同学又迈
开步子。我们默默跟上。

"现在，咱们确认一下，小光……"伊神同学往二楼看上去——有个
人影。

"你之前看到的是这样吧？"

人影嗖的一下，消失了

"哦呀，"我忍不住喊出声来，"就是这样的，没错儿。"

灯光消失了。

伊神同学微微一笑道："那么接下来你们怎么做的？"

我和高岛学姐互相对视一眼，小跑着来到玄关。果然是锁着的。

我们迈进艺术楼的大门。后面传来伊神同学的声音："你们可以开灯
哦。小心别摔倒了。"

---

* 威尔第的《安魂曲》，又称《安魂弥撒》。被称为世界三大安魂曲之一。——译
者注

但是高岛学姐从外套口袋里掏出了手电筒，只照亮了脚下，就没入了黑暗之中。我也小步从后面赶上。艺术楼的情况跟昨天并没什么两样，但是我的恐惧感完全消失了。

和乐部的房间果然是上了锁的，而且里面一个人都没有。我和高岛学姐又互相对视一次。我推开南侧的窗户朝着楼下喊："锁着呢，里面没人。"

伊神同学已经来到了窗户下面，此刻正向上望着我们。"是吧？"

"啊，是这样的。"高岛学姐在背后嘀咕着。然后突然扑哧一声笑了起来，"原来是被骗了啊。"她这副样子从旁边看上去还真有点儿吓人。

"嗯，就是这么回事，知道了之后再回想起来是不是很蠢？"

我们走了出来，伊神同学总结了一句。高岛学姐也笑着回应了道："是呢。不过可能是当时气氛使然，所以我们都被骗了。"

我还不是很清楚到底怎么回事。秋野也摸不着头脑。

"总之呢，这也不算什么很深奥的谜题。"伊神同学很夸张地解开谜题后，如是说道。

"关键在于那个剪影。"

"啊！"我终于明白了……映在窗帘上的人影。真的只是个"影子"。

"也就是说……"

"也就是说，一开始就没有任何人出入和乐部。"

我正要解释的时候，被伊神同学截住了话头，他开始讲起来。

"艺术楼二楼房间的门，大部分都在上侧嵌了玻璃，可以在玻璃那儿朝着窗帘的方向放一个聚光灯。再在聚光灯前面放上剪纸画，其实也可以把立花的照片用投影胶片印刷出来，调整好角度就可以把影子映在窗帘上。把剪纸画唰的一下拿开，看上去就像是人影消失了，把聚光灯关掉，房间

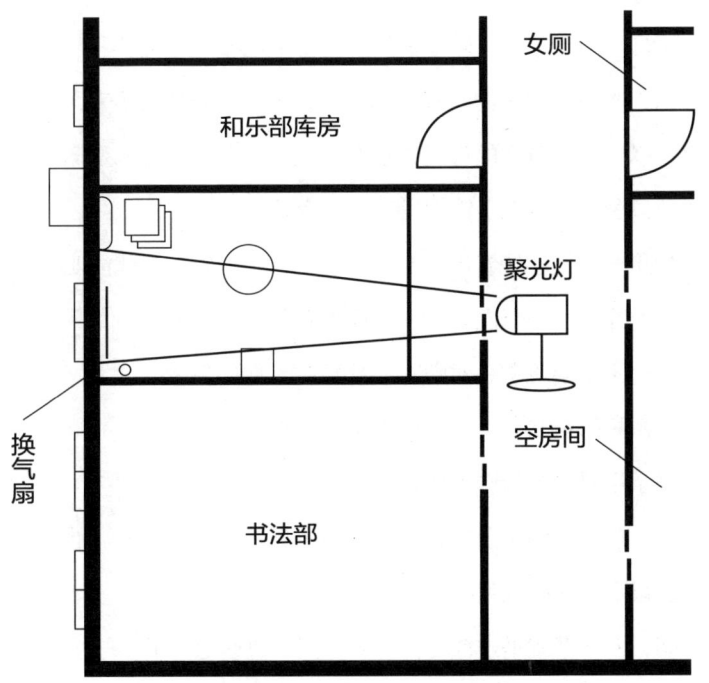

女厕

和乐部库房

聚光灯

换气扇

空房间

书法部

里的灯也就消失了。明明是间密室，可是一会儿灯亮，一会儿灯灭，看上去的确很不可思议。"

伊神同学回过头去看二楼的窗户。

"有一个条件非常便利，就是这个房间很窄，窗户也小。一千瓦的聚光灯就足以让它看起来像是房间里开了灯。"

就算房间里没开灯，只要从窗户透出光线，从外面看的人也会产生一种"开了灯"的错觉。这样一来就不需要出入那个房间了。

"当小光你们进来的时候，那个人只要把聚光灯藏起来，然后去厕所等着就可以，不过对面的房间并没有上锁，所以他也可能是藏在了那里，这样，就只剩下一间上了锁却没有人的房间。"

"如果一开始就能看出那是个剪影的话，一定马上就能明白。"高岛学姐无力地叹了一口气说，"……拜我们所赐，现在谣言传得更广了。"

"……不是幽灵啊，对吧？"秋野终于放心下来，"太好了，我还以为立花学姐真的变成了幽灵，那也太让人难过了。"

高岛学姐斜着眼睛看了秋野一眼，耸了耸肩。

"哎，估计是哪个跟立花学姐关系不好的人传出去的。然后听到我们昨天说要留下，那些人就决定来个恶作剧。"

"啊，差不多就是这样吧。"伊神同学快速地做了个总结。

"那咱们就回家吧，天气太冷了。"他把手揣进口袋，弯腰弓背缩成一团。看来他很怕冷啊。

高岛学姐突然对着伊神同学的背影鞠了一躬，说道："谢谢你。多亏你帮了我们的大忙。"

"我也是觉得有趣才来插了一脚……而且这也不是我一个人的功劳。是叶山同学给了我灵感。"

高岛学姐看向了我。这让我有点儿不好意思。

"我几乎没帮什么忙呀。"

"没这回事哦。"伊神同学说出了一句完全不像他的话，"要不是你告诉我戏剧部进了小偷的事，我也没这么容易想出来。"

那个小偷把聚光灯拿出来了……恐怕昨晚就还回去了。所以当然什么也没丢了。

"好啦，解散吧。"伊神同学解开谜团以后，似乎已经不愿意再站在外面说话了，说完就啪嗒啪嗒地走开了。临行之际还跟高岛学姐说："离送别演奏会还有五十天呢……来得及。"

"是的。"高岛学姐露出了一个灿烂的笑容，活力满满。

伊神同学头也不回地摆了摆手，渐行渐远。估计是怕我们去追他。

我跟在后面走着，然后突然顿了一下。"喂，伊神同学！"我追上已经绕到主楼对面的伊神同学，问道，"我们就这么回去了？"

"嗯？"

"里面那个人，不用管了吗？"

"啊！"看来他给忘了。

刚才在说明的过程中，伊神同学自己什么都没做，可是音乐播放的时间和开关灯的时间却把握得那么精准，说明当时还有一个人在暗中配合呢。

"是阿三吧？"

"是。我给忘了。哈哈哈。"真过分。这么冷的天被忘在这里，阿三心里肯定毛毛的。我们又跑回艺术楼的玄关。

突然听到了一声惨叫。

然后隐约听到什么东西碰撞的声音。接下来是有人倒下的声音。

我们俩一下子愣住，互相看着彼此。

"伊神学长，刚才是……"秋野的脸上仍残留着些许不安。

伊神同学冲着艺术楼大喊："三野同学，怎么了？"

没有回应。伊神同学又一次大声喊道："三野同学，可以出来了，已经结束了。"

果然还是没有回应。

高岛学姐从玄关往里看。"里面那个是三野同学？"

"我拜托他在幕后帮我的。现在已经可以出来了。"

鸦雀无声。我们纷纷自发地走上玄关仔细查找，还是没找到阿三。

我们一边喊着阿三，一边走进楼里。

"在二楼吗？"

"应该是的。"伊神同学也很疑惑，"刚才那个动静是怎么回事？"

来到二楼。正对着楼梯的地方有一团黑黑的东西。刚才好像还没有的……

高岛学姐打开灯。

以极不自然的姿态倒在那里的人……正是阿三。

"阿三？"

大概是跑的时候小腿绊到了那些破烂儿。因为走廊的回声效果特别好，所以刚才听起来声音很响。

"阿三，喂？"

还是热的。这是理所当然的，不过却让我稍微安下心来。我摇了几下他，他突然有了反应，猛地站起身来。头部狠狠地撞到我的下巴，我被撞得坐在了地上。

"好疼。"

"疼死了。"

我和阿三两个人都不由得喊疼。高岛学姐也赶了过来，亲切地问："没事吧？"

"没事，我还好，不知道阿三怎么样。"

我们看向阿三，只见他用两手按着撞到的头，身体僵硬。眼睛猛地张大，嘴巴也无意识地张着。

"……喂。"

见我跟他说话，他便紧紧盯着我。我不由得向后闪躲。

"……阿三？"

阿三好像没听到的样子，突然背过身去。嘴里不知道念念有词地说些什么，然后一下子跳了起来，接着就跑了出去，跟伊神同学撞个满怀。

"怎么回事？喂，阿三！"

但是阿三还是一副听不到的样子，沿着楼梯朝楼下跑去。

"怎么了？"

大家都愣住了，最后还是伊神同学先反应过来，转身跑向右边的楼梯。"看来这里有古怪啊。真有意思。"

"现在可不是什么有意思的情况。"我忙慌张地追了上去。艺术楼里已经看不到阿三了。我和伊神同学一边喊着阿三的名字一边跑。

到了玄关外。我们四处找了一圈也不见阿三的踪影。他跑到哪里去了？

高岛学姐和秋野也赶了上来，问道："叶山同学，三野同学呢？"

"这个，我也不知道啊。"

"不过他好像没受伤。"伊神同学答道。

"他看上去好像特别混乱……刚才像是要逃走的样子。"

伊神同学察觉到了我的视线，忙加上一句："我可什么都没干啊。"

大家绕过主楼，在操场上搜索阿三的踪影，但是那里一片漆黑，实在看不清楚。高岛学姐超过了我，走下地狱的阶梯，同时用手电筒四处扫射。一个人影在楼梯下面动了一下，我也跟在学姐的身后追了过去。跑到跟前，那个人影一瞬间又吓了一跳，作势要逃，不过这次他没能跑开。

"阿三……喂。"

阿三气喘吁吁的。

"你怎么了？怎么倒在地上了？"

阿三盯着我的眼睛，眼神明显起了变化。

大家把阿三围了起来，七嘴八舌地问他怎么了。阿三一时间只顾大口大口喘着粗气，然后大口做了几次深呼吸，好不容易平静下来。

"叶山，你没看到吗……"

"看到什么？"

阿三又不说话了。这次他不再看我，而是瞄向了校舍的方向。

"……没看见，啊，你们谁都没看见。"

"所以说啊，到底是什么啊？"

阿三没有回答，他突然甩开我们，朝着后门的方向跑去。

"喂。"

"三野同学，怎么了？"高岛学姐急得不得了，"喂，怎么回事啊？"

"阿三。"

"我要回去……不是开玩笑。"阿三抖个不停。

"难道说……"高岛学姐话说了一半。阿三回过头来。

"我不是开玩笑的。不，简直难以置信。"阿三仿佛瞪了我一眼说，"叶山，你没看见吗？"

"所以说，到底是什么啊？"

阿三好像很生气地说道："他出现了啊，是'壁男'！"

"现在，三野同学，你能说得更详细一点儿吗？"

"打扰了，请问你们决定好点什么了吗？"

"不用了。"

"……"

"你刚才说壁男出现了……"

"那个，伊神同学。"

"等，等下再来为你们服务。"

服务员有点儿弄不清楚状况，结结巴巴地留下这句话就走开了。

"伊神同学……"

我还是第一次见到有人对点菜的服务员说一句"不用了"，就把人家打发走了。

给了他率先点单的机会是我们大意了。这个人不管在咖啡店还是在饭店好像都能理直气壮地做出这等事来。但绝不是因为小气，

只是因为他本来就不是个循规蹈矩的人。对伊神同学来说，来这家店是为了听阿三述说情况，而不是来吃喝的。

高岛学姐他们也被伊神同学弄得愣了神，她好像本来都准备好要点什么了。伊神同学面不改色地稳稳落座后说："这里比在学校里傻站着舒服多了吧？"但我们几个反而是如坐针毡。

伊神同学探过身来，冷静地继续问道："你刚才说壁男出现了，具体是什么情况？你是见到他的样子了，还是听到了脚步声？"

这家店是通宵营业的。现在虽然已经过了晚餐时间，还是有客人进店。因为刚才阿三根本没法儿开口说话，于是伊神同学就建议去一个能安安静静说话的地方，说完就把阿三拉进了这家店。

"具体来说，就是……"阿三眉头皱着，努力寻找着合适的词汇，"我……按伊神同学说的藏在二楼替他做幕后工作。"

"嗯，你做得相当不错呀。"

所有风头都让伊神同学出尽了。但是阿三倒没觉得自己吃了什么亏，他蹭了蹭鼻子道："这个嘛，都是因为伊神同学的信号很清楚。"

"那后来呢，我们都听到了叫声。"

"我就是在那个时候看见了嘛。"

刚才那位服务员将六杯水摆得整整齐齐地端了过来。干净利落地给我们分好，然后笑容优雅地说："现在可以点菜了吗？"

"没有，不用了。"

"啊，那个，我们要咖啡，美式综合咖啡。"高岛学姐赶忙开口点单。

服务员脸上不自然的笑容终于消失了，说道："好的。美式综合咖啡六杯，热的可以吗？"

"不，要五杯。"

伊神同学看都没看服务员一眼，就丢出这么一句。服务员这次只对我们五个人笑了笑就离开了。

伊神同学好像什么都没发生过的样子继续问："你说看见了，在哪儿看见的？"

"伊神同学，怎么也得点杯咖啡啊。在对面的第二副……是在三楼，连接走廊下面的那个房间。"

"是 CAI* 教室啊。"不愧是伊神，马上就答了上来。他闻言一下子

---

* CAI, Computer-Assisted Instruction室的缩写。放置计算机终端的房间。从20世纪90年代中期开始，各个学校都争先恐后地置办了这套设施，钱不少花，可是其实没什么用。——译者注

靠在椅背上，继续问，"那你看见什么了？"

"是人，"阿三好像在努力回忆，眼神盯着桌上的玻璃杯动也不动，"有人……没错……没有头的……"

"喂，喂！"东同学说着。

"没有头……不，也可能是我没看见，可是他的衬衫都红了……"

伊神同学平静地说："如果流血到这种程度，那他的死因一定是另有隐情。如果活生生地砍断脖子，血会像喷泉一样喷出去的。"

秋野小声嘟囔说着讨厌。

"那个没有头的人只是站在那儿吗？他有没有什么举动？"

"没有，"阿三的声音非常晦涩，"……我好像看见他动了，但是又像是错觉。"

"那，后来又消失了吗？"

"不知道，我也没看到。"

"那时候你就尖叫了吧？"

阿三沉默着挠了挠头。谁能理直气壮地承认说："对，我叫了。"

但是伊神同学可不管这些，他继续问道："你是怎么摔倒的？"

阿三的视线开始闪烁，一副难以启齿的样子。"呃，这个……"他支支吾吾的，同时瞟了我一眼。

"那个，这一段无所谓吧。"我阻拦了伊神同学的攻势。对于阿三来说这非常难为情，再加上秋野也在场，他更是开不了口。

"估计是惊吓过度，神志不清了吧？"可是伊神同学根本不接我的茬，继续说，"你是不是觉得太丢脸了，说不出来？"看上去好像是在体谅阿三，其实反而把他逼得更紧了。

"不，不是这样的。"

"哎？那你为什么倒下了？"伊神同学平静地问。

阿三可怜巴巴地用极小的声音说："摔了一跤。吓了一跳。"

"你是想要逃跑吗？"

"啊，算是吧。"

"撞到头了吗？"

阿三好像才想起来，用手揉了揉脑袋。

"还是去医院看看吧。要是撞伤了脑袋可不得了。"我说着，阿三很郁闷地点了点头。

"可恶，丢死人了。"

"不会啊，看见那种东西换谁都会害怕的。"

"不过，这到底是怎么回事呢？"伊神同学抱着胳膊靠在椅子上，仿佛在自言自语，"是在 CAI 教室吧，那里也不像是会闹鬼的地方啊。"

"让您久等了。"服务员送来了咖啡。她故意背对着伊神同学，再次只对我们几个露出了笑脸，"请慢用。"

那位服务员刚走，又被伊神同学给叫了回来。"劳驾，也给我……"对着笑脸回眸的服务员，伊神同学接着说出了后半句话，"……加点儿水。"

我慌忙对着那位服务员的背影说："不好意思，真是麻烦您了。"服务员一笑释然。两个嘴角向上翘了起来。

刹那间谁都没有说话，只有咖啡的热气静静地摇荡在空气中。

东同学冷不丁地问了一句："这到底怎么回事啊？"

"已经没什么好质疑的了吧。"阿三马上回道，"现在可不是一句看错了就能解释清楚的了。"

"三野啊，你是不是做了什么呀？"东同学比画了一个对着胳膊扎注射器的姿势。他大概只是想开个玩笑，没想到阿三暴怒起来大叫："这怎么可能啊！"

　　刚才那位服务员朝我们这边看过来。高岛学姐慌了，不停朝人家鞠躬。伊神同学抓住阿三的胳膊说："三野，冷静。这是在店里，打扰到别人了。"

　　阿三没有说话。我几次想开口，又都憋了回去。

　　"事有蹊跷。现在我也想来杯咖啡了。"伊神同学一把把我的咖啡拿过去，张嘴抿了一口。"……CAI教室应该是特别暗吧。既然如此，为什么能看得到壁男的身影呢……好苦。"说完他唰唰地加了些糖，"照三野的话来说，他还看得相当清楚呢。"

　　"这么说也对啊，怎么回事呢？"阿三也很疑惑。

　　"好像从很久以前，人们就约定俗成地认为可以在黑暗中见到幽灵。"

　　阿三挠挠头。"但是，应该有人看见过吧。"

　　伊神同学又喝了一口我的咖啡，问阿三："你有没有想到其他什么不太对的地方？比如说有没有窸窸窣窣的脚步声之类的？"

　　"没有，这个好像……"

　　"不过也是啊。CAI教室里铺着地毯呢。"伊神同学自说自话地点点头，"不过真是遗憾啊。当时要是没忘记叫三野一起回去的话，说不定我也能看见呢。"

　　"……你们当时已经要走了吗？"

　　"哎呀，就是一种措辞嘛。"

　　才不是什么措辞。就是要走了。

　　伊神同学笑嘻嘻地说着："不过，这样的话，咱们明天又有事干了。叶山，这次的事件可太有意思啊。"

　　"你说有意思的意思是……还要继续做侦探吗？"

　　"别干了。真的挺吓人的。"阿三的表情非常认真，"出事的话就完了，传言不是都说了吗！"

"别担心。"另一方面，伊神同学这边则是完全相反的轻松表情。

"因为根本没有什么幽灵……打扰一下……"他召唤服务员过来。刚才的服务员带着一副决然的表情走了过来。伊神同学把我的咖啡杯递过去说："再续一杯咖啡。"

目送脸上像墙壁一样面无表情的服务员离开后，伊神同学接着说："假设真有什么壁男，就算他真的是怨灵……"

"就算是？"

伊神同学对我微微一笑，继续说道："……也绝不可能有什么冤鬼索命。"

第三章

第三天的幽灵

第二天，阿三来了学校，但跟平时不一样，他几乎没怎么说话。一声不吭地坐在自己的位置上，抱着胳膊，静静地发着呆。我也不知道该跟他说什么好，结果一直到放学，我跟阿三都没能说上一句话。

另一边，伊神同学则活蹦乱跳地到了学校。我们学校算得上是升学率很高的那类，所以现在这个时期，参加升学考试的三年级学生不来上课也不会有人非议。因此三年级的学生通常每周就来学校一次。话虽如此，伊神同学一大早就跑来教室里等着我了。看来他就没打算来上课。

"我去 CAI 教室看了，没什么特别的。我还问了工作人员，说门是锁着的。"

那里怎么说也放置着昂贵的终端装置。与其他教室相比，门禁自然更严格一些。

"我还去屋子里面转了一圈，既没有什么血迹，地毯的毛也不见混乱。看不出有人去过的痕迹。"

"……这样啊。"

"不对，你说怪不怪啊？传闻中壁男走路的时候是有脚步声的。他没有头，行动之后却没留下任何血迹，已经相当奇怪。而且，如果他走路能发出脚步声，那么至少会在地板上留下脚印之类的东西才对啊。"

"但他就像传说里的一样啊。"

"话是这么说。"伊神同学坐在了小菅的桌子上。

"他现身的地点还是在第二副楼。他不是在艺术楼被杀然后埋进墙里的吗，跑到第二副楼去干吗呀。"

伊神同学哇哈哈地笑了，然后说："说起来，我必须要去瞧瞧三野看见的东西才行啊。"

他这意思是又要留下吗。可是见到阿三的样子，我觉得这次不像是开玩笑。我抢先阻止道："但是不行啊。艺术楼倒是好说，第二副楼的钥匙可是在工作人员手上的。而且 CAI 教室一直都是锁着的。"

"这点儿困难总能克服的。"伊神同学丝毫没有动摇。

"哇哈哈，今天晚上又要忙到很晚了。"

我两脚一阵发麻。正想换个姿势，脑袋嘭的一下撞在了桌子上。顺便看下表，现在是下午四点五十七分。我只需要再保持这个姿势三分钟应该就可以了。我抱着脚把身体缩成一团。

此刻，我正抱着膝盖，把身体缩成一小团，坐在地上，藏在 CAI 教室的桌子下面。

第二副楼的钥匙不可能轻易搞到手。保安在下午五点以后会在第二副楼里巡逻，把所有需要上锁的地方锁好，所以五点以后想要从外面进来是不可能的。所以我们在下午刚过四点半的时候就悄悄潜进了 CAI 教室，我们必须要在这里躲到门锁好后，楼里一个人都没有的时候才可以出来。问题在于 CAI 教室的构造根本没有可以藏人的地方。贴着墙站从外面倒是看不见，可是如果保安进到房间里就一下子露馅了。所以我们只有一个办法，就是躲在放置终端装置的桌子下面，那里的电线之间有一些缝隙，如果把身体缩小一点是可以挤进去的。就算保安进来巡视，只要不特意查看桌子下面就不会发现。不过，万一要是被发现了，我们就百口莫辩了，到时候可就丢脸丢大了。

旁边又传来嘭的一声，好疼，这是高岛学姐的声音。

"没事吧？"

"没事，我比较矮。叶山同学你才辛苦呢。"

高岛学姐也来了。以这个人的性格来说，让她亲口说出拒绝的话是不可能的。而且另一方面，阿三和秋野完全被吓怕了，根本无法开口让他们留下来。

"怎么说呢，我们这个样子蠢透了。"

另一边挨着我的是东同学。他代替秋野来了。他说前天没有留下是因为找他的时间太晚了，可是吹奏乐部里却传言说他害怕了才没有来，所以他想要一雪前耻。

日光已经渐渐西垂。这个房间本来就照不到夕阳，此刻已经微微发暗了，电脑桌上铺着光溜溜的绒布毯，看起来特别现代，一点儿也不见"逢魔之时 *"的韵味。

"我总觉得这个房间里会出现幽灵，简直难以置信。"高岛学姐也这么说。

这里一会儿就会变得一片漆黑。昨天阿三目击到幽灵的时间是八点多一点，所以我们至少要守到那个时候。想起来就觉得有点郁闷，或说是害怕吧。

壁男可是在这个房间里出现的。我们守在这里真的不要紧吗？现在我们彼此不能交谈，只能静静地坐着，所以难免胡思乱想。如果壁男又出现了，他会从哪里出来呢？他会打开门？不，他会穿墙而入吧。还是说他会从房间的墙壁里爬出来呢？也有可能嗖的一下就出现在我们眼前。我目睹

---

* 逢魔之时，逢魔时，即黄昏时刻为超自然的时段，黄昏（17点—19点）黎明（3点—5点），日本阴阳道称为鬼神最容易出没的时候，也是人与鬼怪可以同时出现的时刻。——译者注

那一刻的时候，能做到处乱不惊吗？

大概做不到吧。你看，现在天还没黑呢，就已经这么吓人了。我有可能会"呀"的一声尖叫起来。那估计都是好的，没准我会直接晕过去。如果壁男袭击我呢？

我开始想象。首先我的身体一定动弹不得。在此之前我做过好多次被怪物袭击的噩梦，在梦里我没有一次能够冷静处理的。想逃跑却又跌倒，或者跑也跑不动，只能在地板上爬之类的……各种窝囊的想象依次浮现。我把这些恐怖的想象连同自虐的快感一同饮下。我从没幻想过自己会像少年漫画里的主人公那样，勇猛地跟突然出现的怪物展开殊死搏斗。伊神同学认为"假如壁男真的出现了，我们有四个人，不可能制服不了他"，可是如果那种东西当真出现了，又有几个人的手脚还能听使唤呢。想到要跟壁男面对面，最靠不住的人一定就是我。关于这一点我莫名的有自信。

"安静……来了啊。"

这是伊神的声音。我稍微受到了一点儿惊吓，不过他说的肯定不是壁男，而是巡逻的保安。嚓，嚓，脚步声越来越近。下午五点。保安来进行最后一次视察，然后把第二副楼的门全都上锁就回去了。直到第二天早上之前是不会有人来的，所以只要躲过这位保安就自由了。

保安的脚步声越来越大。我不由得屏住了呼吸。脚步声在门前停了下来，之后就听见他哐啷哐啷晃着门，这是锁门的声音。最后咔哒一声之后，脚步声开始远去。我呼地深深吐出一口气。

咔哒，吱嘎，嘭。远处隐隐传来一些声响。那应该是锁闭第二副楼玄关的声音。

"大家辛苦了，现在可以出来啦。"

伊神同学发话了。大家就像看完电影一样哼哼唧唧地从桌子下面爬了出来。"哦，腰好疼。我这个大叔啊。"伊神笑着说。

"现在，第二副楼已经成为一间密室。"

"确实……我们先检查一下门是不是锁好了。接着咱们还得瞧瞧是不是没有其他人了。"伊神快步打开了房间的门。

不知道他是不是真的仔细想过，为什么这种时候总是要带上我呢。他好像是把我当成助手了。我紧紧跟在伊神同学身边，在第二副楼里从上往下走。伊神同学无一疏漏，连厕所都仔细检查了。

我们在越来越黑的走廊里前进。能清楚地听见我们穿着拖鞋嚓嚓走的脚步声。明明以前都没有害怕过，现在觉得日落后的校舍不管有多新，都让人心里发毛。这栋楼不像艺术楼那样，不管是墙还是地板还都很整洁，但只要想到这里会有什么怪东西出现，就觉得可怕。

"谁也不会相信，这样的墙里会埋进一个人啊。"

"乍一看好像是这样。"我以为伊神同学是想要吓唬我，可是他意外地摆出认真的态度说："但并不是只有年长日久的墙里才有可能有什么东西哦。以这面墙的厚度来看，只要做得漂亮，完全可以滴水不漏地埋进一个人去。"

"你可别说啦。"

"真的，我觉得跟艺术楼相比，这里反而更像是埋进壁男的建筑。"伊神同学抚着墙壁走着，"这栋楼建成的时候……大概是十七八年前吧。正是泡沫经济时代，那时候盖了很多新楼，所以在那个时代这种类型的怪谈特别多。你想啊，一栋新楼正在建设当中，如果有人刚好在附近杀了人，将他埋进这栋楼里，神不知鬼不觉的。这样的情况也是有可能的吧。"

"壁男也是这种常见的怪谈吗？"

"我也不清楚算不算常见，不过它具备了怪谈的常规要素。"

"常规要素……是指恐怖电影里演的那些吗？"

"算是吧。"伊神同学点点头，"还有一些其他的，比如说壁男跑得特别快。裂口女*是这样，半身死灵**也是这样。当代怪谈里的怪物一定都是跑得飞快的。"

"这么一说是这样的。为什么呢？"

"有种说法虽然比较直白，主要还是想突出怪物的可怕吧。如果把它设定为一个跑得很快的东西，一旦碰上，逃无可逃，就是想让大家产生这样的恐惧感吧。"

"原来如此……"

听他这么一说，我也发现好像跑得快的东西带给人的恐惧感会倍增。因为常常听到有人说蟑螂或蚰蜒，如果跑得慢一点儿就没那么吓人了。

"而且，如果仔细听能听到他的脚步声，就可以在相遇之前赶快逃跑的这段说法，指出了该如何应对，这一点也是怪谈的特征。"

"这又是为什么呢？"

"这个嘛，我也不知道。"伊神同学叉着腰，看着斜上方说，"按照我的个人想法，处理方法一开始并不存在。只是故事在流传的过程中，有人后加上去的，这也不算什么怪事。"

"你是说有人会添油加醋吗？"

---

*　裂口女，是1979年春天至夏天传遍日本全国各地的都市传说。2004年在韩国也流行开来。——译者注

**　半身死灵，冬天的北海道，一个少女被火车碾压后上半身和下半身被碾断，可由于低温的关系没有立刻失血而死，而是爬着找寻自己的下半身，然后才死去。从那以后她就成为一个只有上半身的少女，现身来寻找自己的下半身，遇到她的人就会被她把脚给拽下来，故事就是这样的。在全国范围内传播开来以后出现了很多亚种和变种，是很有名的都市传说之一。——译者注

"也不完全是这个意思。我们首先设想所有的怪谈在某种程度上都是出自谣言。有些后来才加入讨论的人也许会厌倦那些老生常谈。有可能就会出现我这种刚愎自用的逆行者。"

"别这么说，你还不至于……"

"或者说，比如有人把裂口女的故事跟朋友讲了一遍。他或她就不能再对同样的人说同样的话了。可是他身边的朋友都在热烈讨论他讲过的故事。所以为了吸引大家的注意，这个人就说'如果遇到裂口女，跑到理发店里她就不会追上来了哟'，会有这样的心理再正常不过。"

"这么说，后加的不只是立花同学的部分啊？"

"没错。我只是顺便说说啊，怪谈的属性，只有某个故事已经非常脍炙人口了，那个时候才会出现。也就是说，在你和我听到的时候，壁男的故事已经流传很广了。"

这些话稍稍减轻了我的恐惧感。也许是伊神同学并不害怕这类故事，而且他还很愿意像刚才那样逐点分析。

"在我看来，这个怪谈，城市传说什么的，无非是人们心中的恶念和欲望的集合体罢了。这种想法谁都会有，比如说希望别人注意到自己，或是不懂装懂，或是想要吓唬别人之类的，总之就是这些情绪聚集起来，像絮棉花那样一点一点堆出了形态，就是这样。"说到这儿，伊神同学看了看我，露出一副'哎呀呀'的表情，"哎，你好像不害怕了。"

"啊，好点了。"

"这样可就不好玩了。"伊神同学的语调突然变了。

"刚才的分析有个前提条件——即壁男的故事是有人编造的情况。不过这一次有点儿不一样。"

"别这么说啊。"

"真的，我有一种预感。"伊神同学满脸严肃地说。我觉得他应该只是想吓唬吓唬我，不过是这样吗？我始终觉得很不安。现在我又慌慌张张地四处张望起来。总觉得走廊的墙上好像有人脸之类的东西，不知不觉停下了脚步。

"怎么了？"

"没事……没怎么。抱歉。"

伊神同学扑哧笑了，问："你是不是在那边的墙上看到人脸了？"

"呃，这个，感觉好像。大概是错觉吧。"

"你这家伙真是实在人。"伊神同学咚咚地敲着墙说，"心理学中有一个学派叫作格式塔心理学。它说的是把很多次无意义的刺激累积起来，就会让人发现某种有意义的东西。就像你刚才那样，一面墙一面墙地看过去，上面什么也没有，这时墙上出现个三角形的污渍，你就会觉得那是'两只眼睛和嘴巴'。因为人脸从婴儿时期开始就能让我们人类产生最敏锐的反应，是非常有力的刺激之一。你刚才把三角形的污渍错认为是人脸，其实是人类非常自然的反应。"

"原来如此。"

伊神同学口若悬河地做出如上说明。而且整段话抑扬结合，相当了不起。

"嗯，就跟'幽灵的真身是枯尾花'是一样的啊。"

我又多少安心了一些，点头称是，伊神同学望着我，闪现出相当遗憾的表情说："你是不是又觉得不那么害怕了。"

果然，我突然觉得自己有点儿明白了，怪谈就是在这种恶意之下催生出来的。

门果然都锁上了。当然，也不见半个人影。

"这样的话，现在这栋楼里不可能听到任何的脚步声或其他声音了。"伊神同学的说法，很明显是想要故意制造紧张感。

"现在是下午五点三十七分。总之我们要等到晚上九点左右。"

"……这么久啊。"

"那我们来讲怪谈吧？"

"才不要呢，吓死人了。"

"也对，要是注意力都集中在别的地方，要是有什么脚步声出来，我们没听到岂不是太遗憾了。"伊神同学无论如何都要吓人啊。我觉得他本人似乎在热切祈祷有什么东西出现。

"天黑下来了。"

"东，你带了手电筒吧？"

东同学听到高岛学姐的话，掏出了手电筒说："从吹奏乐部的库房里拿的……伊神同学，可以打开吗？"

"还是别开了，万一壁男好不容易现身，再给他溜了不是可惜。"

伊神同学是打定主意要摸黑等着了。

时间缓慢地流逝。房间里漆黑一片，寒意也渐渐变浓。高岛学姐中途打开了空调。伊神同学说他要再去各处巡视一圈，走出教室。我借口太冷，这次没有同行。黑暗又静寂，真亏了伊神同学在这样的环境下还敢一个人到处乱逛。我在教室里听着伊神同学的脚步声都觉得毛骨悚然。

时间到了六点，之后又过了七点。起初，大家还有点儿拘谨，有一搭没一搭地闲聊，不过很快就恢复了正常的节奏。过了七点二十分，高岛学姐"啊"的一声，站起身来。我们都吓了一跳，可是学姐指了指窗外说："下雪了耶。"

这是今年的第一场雪，雪花一片一片零落地飞舞，不过在黑暗中飘舞的雪花充满着神秘感。

到了八点，又过了八点半。大家都有点儿不耐烦了，不过没人提出要回去。可能是因为外面雪还在下，所以谁也不打算出去，我们就像在玩"谁说出那句话就算谁输"的忍耐力比拼游戏。

九点左右，雪停了。我琢磨着，是不是该开口问问"还要待多久呢"，正在这时……

东同学突然一动不动了。

"怎么了？"

东同学"嘘"了一声，示意我不要动，然后小声说："……听到了吗？"

大家的视线都集中在他身上。

"……东，怎么了？"

"什么……怎么回事？"东同学自言自语，"我听到脚步声了。"

"什么？"

"安静！"

东同学抬起头看向窗外。

随之就愣住了。

"东？"东同学朝着高岛学姐结结巴巴地说，"……高岛，窗外！"

我们朝着他手指的方向望去。正面对着的正是艺术楼。那边有个房间的窗户打开了……

那东西就在那。

一个人影。白色衣服上好像有些花纹……没有头。

高岛学姐尖叫起来。她发出尖厉的声音，从椅子上跌落下来。东同学就像被捆住了一样一动不动。

人影身上穿的好像是我们的校服。但是胸口往上是红的……是血吗？

身体动不了了。连眼睛都不能眨。还有没有呼吸也不知道了。整个人完全麻痹。被恐惧心理麻痹的我已经什么都感觉不到了。

东同学朝着窗户走过去。伊神同学把他推到一边，自己打开了窗户。

那个时候，我看到了……那个没有脑袋的人影动了。他在招手。

东同学一声惨叫。而高岛学姐则把他的声音完全盖了过去。椅子被歇斯底里地摔在地上。好像是被高岛学姐给撞倒了。

然后，那个人影咻的一下，消失了。

伊神同学站在我的身边，用颤抖的声音嘟囔着："这家伙，太吓人了！"

"伊神同学……"

伊神同学从阳台探身出去，好像被高烧烧糊涂的样子，嘀嘀咕咕地说："妙啊……居然还能动！而且真的没有头，还很细心地涂上了血浆！那个房间应该也是密室吧？不过那就不对劲了……密室……《蓝色房间》*……哎呀不对！没有可以放镜子的地方啊……啊……消失了……再给我一点儿时间，再让我看看啊！"

这跟他平时的口吻完全不同。难道伊神同学也变得不正常了？难道他被壁男附身了吗？

伊神同学从东同学手里抢过手电筒，打开开关。但是手电筒没亮。"哎哟，打不开了。这东西看来是没用了。"他又试着按了几次开关，终于放弃了。随后他把手电交给了我。

本人只留下一句"我去看看"便转身离去了。

---

* 蓝色房间，哈里·凯勒的作品，舞台魔术表演的杰作。在观众注意不到的地方放上镜子，让观众以为镜像就是实物，收放自如地展现出效果强烈的现象。——译者注

"伊神同学。"

高岛学姐想要站起来，用手撑着一旁的桌子。但她好像已经没有力气了，整条胳膊剧烈地哆嗦着。

"……我也……去……"

"高岛，太可怕了，别去。"东同学说。

高岛学姐手一滑又摔倒了。

高岛学姐刚才这一摔发出好大的动静，她不要紧吧。我忙跑过去蹲在她的旁边。高岛学姐坐在那儿止不住地发抖。

"没事吧？"

高岛学姐看了我一眼。扶在地毯上的双手发力，然后使劲抓住桌子，这一次她终于站了起来。

"高岛学姐。"

高岛学姐看着我，沉默片刻后挤出了几个字。

"……对不起。我动不了……"她紧紧咬住嘴唇说，"……我像个笨蛋一样……"

看她这副样子，我自己迅速冷静了下来。似乎见到有人比自己还要害怕的时候，我反而没那么害怕了。

"不要勉强自己哦。人太多了反而碍事。"不知什么时候伊神同学回来了。

高岛学姐迅速地转过身来。

"可是……"

"部长也不用什么都要负责啊。"

"啊……"

伊神同学迎上高岛学姐的视线，一个点头表示对她的理解，然后就像什么都没发生过似的望向窗外。

"窗户是开着的啊……东，你能动吗？"

"我不去。"东同学立刻回答，"那玩意儿可吓死人了。"

伊神同学点点头说："那好吧，东和小光就留在这里。视线不要离开窗户。"接下来，伊神同学无视两人的回复迅速走出门去。

走廊里传来了伊神同学的声音："叶山，你跟我来！"我如同条件反射一般追了上去。

"叶山。"东同学把我叫住。

"我去看看。高岛学姐就拜托你了。"

"知道了。我会留在这儿的。"

走廊里的那位又开始喊了。"叶山，干吗呢？"

"马上来。"

果然，我就是那个跟班儿。

我微微露出苦笑。但是，换句话说是因为我更值得信赖。要是这样的话，我还真是非去不可呢。就算会被壁男袭击也义不容辞。

我跑出了房间。伊神同学刚好回来找我。

"叶山，快来。"

"好。"

我赶紧应声。但是伊神却说了一句很扫兴的话。

"呃，你也不是非来不可，把艺术楼的钥匙给我就行了。"

我差点儿被打击得栽倒在地。

"嗯？怎么了？"我不由得噘起了嘴，见我这个样子，伊神同学一脸诧异地问。

"没，没什么。"我有义务回答你的问题吗？

伊神同学平时不怎么运动，身段却很轻盈。十三阶的楼梯，他一下子就从最上面跳了下去，我实在是跟不上。只能大口大口喘着粗气拼命跑着。连接走廊的门是锁着的。我们只好先出去从玄关进入艺术楼。伊神同学哇呀呀一声怪叫，一脚把第二副楼的大门给踢开了。我一边默默祈祷千万别把安保公司的人给引来，一边继续跟在伊神同学的身后。

我们进到艺术楼的玄关。那里有个人影。

"哦！"伊神同学好像正好撞上了那个人影，只见他轻快地躲到了一边。那个人影发出一声短暂的哀号。

"哎？伊神同学？为什么？"

这个声音我在哪儿听到过。怎么回事，那个人居然是柳濑同学。

"柳濑同学？"

柳濑同学注意到了我，向我这边看过来。

可是伊神同学完全无视她，而是回到我身边说："叶山，快把钥匙拿来。"

"啊，好的。"我赶紧跑过去扑向玄关的门。人在着急的时候果然手也不听使唤，平时一下子就能打开的门，现在却怎么也打不开。

好不容易把钥匙插进锁眼儿里，我用尽全身力气推门，准备趁势冲进去，可是玄关门不知道被什么东西给挡住了，没打开，可是我的势头已经停不下来了，于是正面猛拍在了门板上。"啊，疼死了。"我眼冒金星，一屁股摔倒在地。

"叶山，搞什么呢？"

"不是，这门打不开……"

伊神同学上去推门，门只打开了大概十厘米，之后哐当一声好像撞上了什么东西，停了下来。伊神同学把全身的体重都压在门上继续推，门还是不动分毫。

"有什么东西把门给抵住了。"

"哎？是吗？"柳濑同学也跑过来晃了晃玄关的门。确实是被什么东西给堵住了，打不开。

"好奇怪啊。刚才还……"

伊神同学反应过来，问："刚才？"

"啊，那个，就是……"柳濑同学不知道为什么开始支支吾吾的，"算了，等会儿再说吧。"

究竟是怎么回事。不对啊，柳濑同学在这种地方干什么呢？我想跟柳濑同学问个明白，但是伊神同学似乎更急着赶去壁男的位置，"过一会儿再问她吧。"说完他又再次走向玄关。

伊神通过那道大概十厘米的缝隙向里面观看，然后回头对着我说："叶山，你身材还是挺苗条的，能不能从这儿挤进去啊。"

"不可能。"居然有这么讨人厌的家伙。

"那我们去找别的入口吧。叶山，你从那边绕过去。柳濑，你有库房的钥匙吗？"

"有。"柳濑摸了摸口袋。

"那你跟叶山一起走。"说时迟那时快，伊神同学已经冲了出去。

我们按照伊神同学说的，从大楼的东侧绕过去。这一侧没有房间，所以也没有什么像样的出入口。厕所的窗户太小了，楼梯间的窗户又上着锁。这时从楼里传来伊神同学的声音："紧急出口开着呢。"

紧急出口在北边。我和柳濑赶紧绕过去，这时伊神同学已经进楼了。

柳濑同学拉了拉我的衣服说："叶山，我想问问，现在是什么情况？里面有什么东西吗？"

我无法立刻做出回答，因为现在的我还处在有些慌张的状态下。柳濑同学显然有些摸不着头脑。现在可没有闲工夫跟她解释，不过什么都不说就把她给牵连进来，这样好吗？

"嗯，现在有点儿麻烦。"我跟她解释道，要是碰上壁男可怎么好。我用拳头敲了敲脑袋说道："抱歉，能不能拜托你在这里等一下。"

也是我的紧张感传染了她，柳濑也有点儿慌了，她点点头。我全速飞奔进了紧急出口。

一楼的紧急出口位于礼堂的角落。平时这个空间被吹奏乐部占用，而且这个位置在最里边，所以我还一次都没从这里进来过。通常只有搬运乐器的时候才会从这里通过，所以这边还比较整洁。不过我的胳膊肘还是碰到了摆在一边的木琴和铁琴。希望它们没有坏啊。

夜晚的礼堂不只空旷，还漆黑一片，根本搞不清出口在哪。黑暗突然袭来，我就像被吞了下去。在屋外的时候还能借着街上的灯光看见一些东西，可是这里可比外面暗多了，我的眼睛还没能习惯。瞬间，我甚至觉得自己像在浮游。什么都没做，却找不到平衡，好像随时都会跌倒。我踏着小碎步谨慎地前进着。

这里明明就是我熟悉的那个礼堂，现在却有一种独自在火星漫步的孤独感。

如果壁男就隐藏在黑暗中的某个地方该怎么办？我想象着被壁男抓住该会是什么样的感觉。他会从正面扑过来吗？还是从斜前方或是背后一下子扑上来。不过我没有特别恐惧。整片的黑暗反而没那么吓人，现在我算是明白了。

本以为这样的黑暗会无止境地延续下去，可是没想到却突然戛然而止了。我们要找的走廊一侧的门上有一个紧急出口指示灯，正对着这边发出绿色的微光。由于灯好像被关上了，微弱的光马上又消失了，不过黑暗也到此结束了。

打开礼堂的门。走廊里微微有些光亮。月亮没有出来，这是街上的灯光照过来了吧，东边的窗户稍微透出一些光。眼睛习惯黑暗以后，至少可以分辨出轮廓。

"伊神同学。"我小声叫着，但没人回答。我们刚才发现的人影在三楼。伊神同学是直奔三楼去了吧。

我竖起耳朵。登上楼梯后还是听不到任何声音。伊神同学上来了啊，怎么回事？不在吗？不对。

伴随着微弱的光亮，我的恐惧感也回来了。伊神同学会不会已经被杀了？壁男已经干掉了伊神同学，然后屏住呼吸埋伏起来准备对付我。我四下观望。因为走廊里堆满了破烂儿，所以有很多阴影，不管看向哪边都觉得壁男就藏在那里。横在右边的破烂儿阴影里仿佛有什么东西。现在男厕所里好像有什么东西在动。礼堂里有什么东西正紧紧贴着门的内侧。虽然我知道这都是错觉，可感觉还是很真实。

壁男应该根本不存在。没错，冷静地想一想，故事里说的那些根本不可能发生在现实生活中。把人杀了埋在墙里，这或许有可能。但是死去的人根本不可能移动。这栋楼已经建了几十年了。尸体又没有做成木乃伊，早就变成一堆白骨了，不可能还会流出血。从墙里爬出来害人？简直蠢透了。他该怎么从墙里爬出来呢？怎么可能在墙上不留任何痕迹地出来呢？会袭击人？他没有头怎么能找到目标呢……这一切都不可能！

不过我很快又发觉现在想这些什么用也没有。跟怪谈相关的事当然都是不可能的。一个人既然没有头就不可能从别人后面扑上来。人的膝盖里也不可能长出藤壶。没错，不可能的，可是，恐惧感并没有消失。这一切都是不可能的，但是，万一发生了该怎么办？这才是怪谈的本质。我完全冷静不下来。壁男是不可能存在的。但是，有个万一该怎么办？

我必须想办法排解掉这种恐惧。有了，我想想怎么把现在的情况安排在作品里吧。要是画成图画会怎么样？漆黑的背景下，我一个人站在这里。我要把自己画得小一些，以强调此刻的孤独感。为了进一步体现恐惧的氛围，我该把我的头部给涂掉，或者是做一些变形。不行，这样我的脸就变得跟壁男差不多了。我的表情就像现在这样战战兢兢的，脸的大小嘛，勉强能分辨出样子就可以了。最主要的是要鉴赏者能看到我诡异的表情。还要在背后画一个人影。"哇！"我被自己的想法给吓了一跳，不由得转身看看背后。这样不行，那就往立体的方向构思。直立不动的我，视线稍稍朝斜上方看，眼神中充满恐惧，双目圆睁。身体的紧张和表情都用来表现我被恐惧直击内心的那一瞬间。至于我在看什么就交给鉴赏者自己来想象。随后在身后画一个人影。"哇！"简直太吓人了。

"哎呀，别闹了！"我也不知道自己在数落谁，这句话脱口而出。之后好像是为了告诉自己别想这些没用了，我开始一步迈上两级台阶，飞奔跑上了楼。感到害怕之前还是前进的好，我盲目地向前飞奔着。

一边上楼我一边思考。假设壁男就埋伏在那里，那么最先遇到他的人也是伊神同学，所以遇袭的也是伊神同学。如果听到伊神同学在垂死挣扎，我赶紧往回跑就行了。如果伊神同学已经被杀了，那么壁男应该已经满足地回到墙里了吧。所以不管是哪种情况，我都是安全的吧。这种想法可谓极其卑劣，但我却完全不这样觉得。

在二楼转到三楼的平台上我遭到了伊神同学的袭击。其实伊神同学什么也没做，只是问我："叶山，柳濑呢？"但我却被他的突然袭击吓得一声惊叫。

"突然大呼小叫也太没礼貌了……柳濑呢？"

"那个……"

"叶山。"

突然，在我背后非常近的地方传来了柳濑的声音，我就像被人打了一棍，当场浑身发软，跪倒在地。我真庆幸没有被吓得失禁。回头看着身后，发现柳濑已经跟到这边来了。柳濑抓住我的肩膀。

"叶山，这里是艺术楼，你可别在里面瞎转悠。小心遇到壁男哦。"

"不是，这个……"

"会把你压在墙上碾碎哦？"

"这种话能不能别笑嘻嘻地说啊。"

"我们到这儿来就是为了会一会那位壁男。"伊神把话挑明了。

"不过哪儿也没找到……算了，你跟上来自己看就知道了。"

柳濑同学看看我，又看了看伊神同学。这时伊神同学的身影已经消失在三楼了。

"叶山，到底是怎么回事啊，发生什么事了？"

我只能告诉她壁男好像出现了。

"详细的情况以后再说。我们现在要去三楼。"

"嗯。"柳濑同学点点头，看了一眼地上的我问道，"不过你能站起来吗？"

"站得起来。"

万幸，我还是站起来了。

柳濑同学略带嘲讽地笑笑，说："抱歉。把你吓着了……要不要我来背你啊？"

"不用啦。"我赶紧飞快地踏上台阶。

"还真是可爱。"柳濑在我身后笑了起来。虽说她还没有看见过壁男，不过她还真是冷静呢。

三楼。壁男没有出现。伊神同学从楼梯上去，贴着紧挨楼梯的房间向里面看。

"这个房间是戏剧部的库房吧？"

"对。"

"柳濑，钥匙。"

柳濑像西部片里的持枪歹徒一样迅速从口袋里掏出钥匙，扔给了伊神同学。伊神接到钥匙后转向我。

"跟我想的一样，入口的门是锁着的。"他摇了摇门示意我。门上上了新的螺栓，挂着一把巨大的挂锁。

"房间里面……怎么样？"

"刚才没看到任何人。我再仔细确认一遍。"

伊神同学把门打开了。虽然里面一片漆黑，但是马上就能看得出没有什么移动的东西。

这时，我突然闻到一股可疑的气味。这是什么东西的味道呢？我百思不得其解。我甚至都不确定自己有没有闻到过这股味道。正想好好闻闻看，那味道却消失了。

伊神伸手去按电灯的开关，可是噼咔噼咔按了好几次，灯也没亮起来。

"真是怪了。电闸被拉下来了吗？"

"哎？是吗？"柳濑同学也伸手过去按开关。果然还是打不开。

我脑海中浮现出一些不好的想象，不安地说："那个，说起来刚才手电筒也打不开了。"

伊神同学转过身来。

"比起你的想象，这边的情况才更现实。"伊神同学推开我走出房间，回到了连接走廊那边。

咔哒一声，房间里的灯亮了起来。走廊里的荧光灯慢了一拍后也亮了。好像伊神同学把走廊里的电闸推上去了。他的手指还放在开关上对我说："果然，只是电闸掉了而已。"

戏剧部的库房很窄。正因狭窄，所以才更加不可思议。在这种又乱又窄的屋子里，怎么可能有地方藏人呢。

伊神同学灵活地躲开脚下那些杂七杂八的东西，走向窗边。"果然窗户是开着的。这里是最关键的地方。"他从窗户探出身去，向着第二副楼挥挥手。隐隐可以看到 CAI 教室里亮着灯。高岛学姐和东同学正在窗边看着我们。伊神同学回过身来说："我有些话要详细问问那两个人，叶山，柳濑，你们两个一起去把他们带过来。"

"哦，那伊神同学你呢？"

伊神同学环顾了一下房间，回答道："我还有点儿事，想要在这里调查一下。"

CAI 教室的窗户应该是开着的，但是伊神同学不知道为什么用手势跟他们比画了什么。我也不知对方是不是明白了，总之 CAI 教室的灯灭了，我又听到了关窗户的声音。

伊神同学再一次催促着我们。

"快点儿，叶山，去接他们。靠他们自己根本找不进来。"不知怎么，他急躁得甚至有些古怪。

柳濑同学对于发生了什么一点也不知情。走出艺术楼之前的这段时间里，我一直在接受她的拷问。

"怎么回事啊，为什么大家这个时间还没回去？"

"呃……"

"那边是 CAI 教室吧。你们是怎么进去的？"

"不是，这个……"

"你们刚才说是来找壁男的，那是什么意思？"

"这个嘛，就是这个意思啊。嗯呢。"

面对我驴唇不对马嘴的回答，柳濑同学却一下子抓住了重点，问道："你们是为了找壁男才留下的？"

"……是的。"

柳濑同学停下了脚步，转过身来凝望楼梯上的我说："出现了吗？"

"呃……这个……"柳濑同学紧紧盯着我。"……出现了。"

"哎呀。"柳濑同学吓得转过身去，我忙慌张地说："不是，那个，只是看上去像是出现了。而且现在应该已经不要紧了。"

柳濑同学沉默片刻。然后冷不防地笑了起来，随后扑到我的身边。

"哇，那个……"

正当我不知所措的时候，柳濑同学放开了我，这一次她啪地拍一下我的肩膀说："正好啊，少年。"

"你说啥？"哪里正好了？不过柳濑同学已经自顾自地高兴了起来。

"喂……"

"来，咱们走吧。"柳濑拽住我的手臂就向外拉。虽然我不知道她到底什么情况，不过她脸上浮现出了向日葵般明亮的笑容。

出了紧急出口绕回到楼前，我有种不好的预感。刚才第二副楼前明明什么都没有，现在不知什么时候停了一辆车。第二副楼玄关的灯也亮了。

糟糕！

"叶山，这辆车难道是……"

有一瞬间，我想到了逃跑。可是高岛学姐和东同学都是被我叫来的。只有我自己逃走也太说不过去了。我跟柳濑同学说道：

"……情况好像不太妙。那个，柳濑同学你还是回去吧，或者找个地方藏起来。"

不过柳濑同学眯起眼睛稍微考虑一下，然后还是挽住了我的胳膊说："不，咱们上吧。"

有两个穿着安保公司制服的男人走了过来。其中有一个瘦高的年轻人，另一个大叔则上了几岁年纪，个子偏矮。大叔见到我们后大步走了过来，喊道："喂，你们在干什么？"

"嗯……这……发生什么事了？"柳濑同学配音很有一套，此刻她的声音突然变得可爱又纯真。这大概就是阿三说过的柳濑同学的必杀技，俗称"大叔杀手"。

可是大叔根本不为所动，问："你们刚才去哪了？"

"我们正准备回家呢。哟，已经这么晚了。"柳濑同学紧紧贴着我的胳膊，恬不知耻地说着。

大叔打量着我和柳濑同学，微微皱起了眉，仿佛在说"真不像话"，同时叹了一口气说："知道了，快点回去吧。"

但是柳濑同学没有退缩。她饶有兴致地看着第二副楼说："请问，是发生什么案件了吗？叔叔，你们难不成是警察？"

我正想着她是不是太过了，没想到大叔不好意思地搔了搔头说："没有，不是什么案件。我是安保公司的。"

这时里面有声音传了出来。"森哥，里面有两个人。"那个年轻瘦高的人把高岛学姐和东同学带了过来。他们果真暴露了。

"他们在哪来着？"

"走廊里。当时他们正往外走。"

"就这两个人吗？"

"应该是的。"

这下可完蛋了。该怎么解释呢？说我们潜入了第二副楼，他们就一定会问为什么。如果我们实话实说，他们会相信吗？而且我们绝不能承认刚刚是在 CAI 教室。那里放着昂贵的机器，安保公司绝不会轻易放过我们的。

大叔和那个年轻男子小声私语。

"他们好像是这里的学生吧？"

"好像是的。"

"他们是怎么进去的？"

"这个，我还没问。"

我刚听到这儿，柳濑同学突然疯疯癫癫地喊了起来：

"啊呀呀，光？"

大叔他们看向我们。现在所有人的视线都集中在柳濑身上，可是她毫不在意地继续说着："果然是你们啊。我刚才还在想你们肯定在约会。"她恢复了平时的言行举止。看来是放弃了"大叔杀手"路线。

"喂……你……"柳濑对大叔的召唤置之不理，她捅了捅高岛学姐说："是吧，嗯？"

"等等，那位同学。"那个年轻人有点责备地看着柳濑同学，大叔把他拦了下来，他问柳濑："你认识他们两个人吗？"

"他们可有名了。最近刚刚开始交往，两个人如胶似漆的。"

柳濑大剌剌地……不，是假装这副样子说着。"如胶似漆"的说法也太老派了，活像大妈，看来她是特意配合对方的年纪选择了适当的词汇。

"真让人羡慕啊。这位东同学可是女学生们的偶像呢。"

大叔他们面面相觑。柳濑同学一个人像雪崩一样喋喋不休。

"这两人经常一下子就消失不见了，两个人一起哦。今天放学之后我也留了下来，当然我是跟淳史在一起的。"柳濑同学靠在了我的胳膊上。谁是淳史？啊，是柳濑同学撒谎给我取的假名。因为我们在假装自己是路过的，所以他们还没有问我们的名字。难为她急中生智给我更名换姓。"淳史看到外面有人。我还想是谁呢，结果发现是他们，我亲眼看见他们进了第二副楼。"

大叔突然发问："你说看见他们进来了。是从玄关吗？"

"对。"

"真是怪了。门开着吗？"

"本来门是关着的，我看到他们推开门进去的。"

大叔他们又互相对视一眼。他们好像觉得问柳濑同学会更快得到答案，于是转向了我们，问道："那是什么时候的事？"

"就刚才。"

"他们毫不费力就开门进去了？"

"啊？什么意思？"

"也就是说……"大叔搔了搔头说，"门锁了吗？还是说没锁？"

"呃……是没锁吧。"柳濑同学对答如流。而且人家没问的事她也说了出来。"不愧是东同学和光啊。哎呀，吓我一跳。"说着还向高岛学姐鞠了个躬说，"抱歉，让我看见了。哎呀，看见了。"

柳濑同学话实在太多了，大叔他们好像有点儿听烦了。

"行了行了。"年轻的那位问柳濑："你们刚才在哪？"

"呃……"柳濑同学不知为什么声音变得柔弱起来，说了这么一声就停了下来。然后又调回"大叔杀手"模式，双眼仰望着大叔问，"这个……非说不可吗？"

大叔点点头。柳濑再一次小声说道"嗯……"然后指了指艺术楼里面说："在那里面。紧急通道的楼梯缓步台上。"说完她又害羞地补上一句"呀，羞死人了"，然后把脸埋在我的手臂上。

大叔他们对视了一下，满脸惊讶地叹了口气。这回大叔开始盘问高岛学姐他们。

"你们为什么会到这里来？"

东同学含糊地答道："对不起。因为这里开着门。"

"你们早就知道这里开着门？"

"不是，推开之后才知道的。"

这也是位名演员啊。年轻的那位搔搔头说："我们那个年代再怎么样，做事也要合规矩啊。"

接下来的十分钟的时间里，高岛学姐和东同学被狠狠说教了一番。"社会常识""大半夜的还到处乱转""还是两个孩子呢""随便进楼甚至会构成犯罪""就算门开着也不该随便进"……两人一言不发，默默低垂着头。中途，年轻的那位转过来对我们说："今天你们做得也不对。天都这么晚了还不回家。"不过大叔阻止了他。

"那个，那两个就别管了。"

"森哥，可是……"

"年轻人可不就是这样嘛。"他不知道为何望向远方。

柳濑同学夸张地打了一个大喷嚏。大叔回过神来。

"算了，天气这么冷，知道反省了就回去吧。"

"是……很抱歉。"此时柳濑同学就像一个认真的高中生那样诚恳地鞠了一躬，之后又慌张起来。

"那个，你们会把光他们抓起来吗？呃，小光的妈妈非常严厉的。"

"不会的。去吧，都走吧。"大叔把我们几个一起轰走了，可是又像突然想到了什么似的，对我和东同学使眼色说，"要好好把女朋友送回去啊。"

我们四个人老老实实地低头鞠躬："非常抱歉。"然后离开了学校的院子。出了校门拐过第一个弯后，我们停下脚步，长长地舒了一口气。

好在没有惹出什么大麻烦就被放了。

"柳濑，多亏你了。"东同学苦笑着说。

"东同学也是好样儿的呀……接下来我们要排春天的戏呢……"

"不，还是算了。"

我们沉默了下来。

高岛学姐一直低着头。以这个人的性格来说，因为我们的草率而惊动了安保公司，她一定觉得万般羞愧……没想到，高岛学姐突然扑哧一声笑了出来。随后所有人在她的感染之下都笑了。高岛学姐抬起头来，好像把堵在心头的什么东西给拿掉了一样，一脸轻松地说："沙织，演技绝了。"

"过奖过奖。今年大赛我可是得了个人奖呢。"柳濑同学竖起了大拇指。

大家好像都被解放了一样，开始活跃起来。

"刚才那个年轻人的表情可太逗了。"

"那个大叔看不出来还是个好人呢。"

"我们就是完美的高中蠢货。"

"还有那个淳史，谁呀？"

大家集体笑了起来。刚才的紧张感，壁男的谜团，以及伊神同学还留在里面的事全都忘个精光。

通知下达的那一天是九月十八日。

在湖畔郊游线路散步的游客发现有可疑的车辙向着湖水的方向延伸过去，那时差不多是早上六点刚过。车辙一直延续到湖岸边。游客观察湖面时，发现那里漂着一件男式夹克。于是慌慌张张地返回酒店，报警大概是在那之后三十分钟左右。警车一个小时之后才姗姗来迟。

警察对周围的酒店进行问询后，马上就掌握了可疑人员的信息。

十六日深夜，有一个男子独自在酒店住了一夜。年龄大概在四十中旬，中等身材，不戴眼镜，行李是一个手提包。举止上看不出有什么可疑之处，不过他的衣服似乎不像游客，穿着一身商务套装。据当时接待他的前台回忆，从湖面打捞上来的那件外套和他的那件看起来一模一样。这名男子第二天连早餐都没吃就匆匆退房了。开的车尚不明确，只知道是一辆白色轿车。在宾馆登记册上记载着他的车牌号。那辆车不是租来的。

而且这名男子的姓名，住址和电话号码也都留了下来。名字叫丰中浩一，地址在东京都，电话号码有可能是伪造的，不过当警察拨过去电话时，名叫丰中正子的女性接听了电话。据她回答，她爱人的车牌号和宾馆登记册上记载的完全一致。

警察见状只好如实向家属汇报。听到这个消息，丰中正子好像突然想到了什么，把电话听筒放了下去，过了一会儿才回来。她去了丈夫的书房。

在丰中浩一的房间里发现了他的亲笔遗书。

第四章

第四天的幽灵

"哎，淳史。后来有没有乖乖地送柳濑回去啊？"第二天放学后，伊神同学一边走进教室一边问。

"你听谁说的？"

"我当时听到的呀。在大楼的阴影里听得可清楚了。"

吃惊之下，我不小心撞到了小菅的座位。

"也就是说，你当时对我们见死不救喽？"

"这可不叫见死不救啊。那里可是停着一辆警卫车。"

"那就更过分了。"

"喂，你不也是把我扔下回家了嘛，咱们就算扯平了吧。"

"真是够了。"

本来嘛，都怪他让我们潜伏在教室里。结果最后却只有他一个人"逍遥法外"。

伊神同学嘿嘿地笑着拍了拍我的肩。

"哎呀，最后结果不是挺好的嘛。多亏柳濑，大家也没受什么责罚。"

"除了被骂个狗血淋头以外，是没受什么处罚。"我没好气地说。

但伊神同学只是呵呵呵地笑。

"……所以啊，把我们支出去之后，你又调查了一会儿吧？发现什么了吗？"

"没有，我是一点儿头绪都没有啊。"伊神同学抱着胳膊说，"我本来以为那扇开着的窗户是最薄弱的环节，所以昨天我才让小光他们监视窗户有没有人进出。"

"他们没有发现任何人进出吗？"

"嗯。两人都说没看见，小光甚至非常确定。看来是什么都没有啊。"

"啊？但如果是这样，为什么窗户是开着的呢？"

前天我进去的时候还是关着的。

"按三野的说法，本来那扇窗就有可能没上锁。"伊神笃笃地敲着小菅的桌子说道，"而且在这个季节，也不太可能打开窗后一直不关吧。"

"难道是有人后来打开的……但是，为什么呢？"

"嗯……"伊神同学好像有什么想法，但是却没说出来。这个人说话就是喜欢故弄玄虚，不到最后一刻，绝不能披露自己的假设。

伊神同学突然自言自语一句，"啊，忘了"，说完还拍了一下巴掌。"咱们必须要跟戏剧部的人问下那个房间门锁的问题……叶山，你跑一趟。我在社团活动室里好好想想。"

"你怎么不来？"

"哎？跑腿的事你一个人去就够了吧。"

这个理由也是够充分的。

刚步入艺术楼就见到了秋野和高岛学姐。不知道为什么，她们各自搬了一个带底座的聚光灯，像是非常重的样子。听到我的声音，秋野转过身来，脚下一晃，我赶忙伸手帮忙。我从秋野手里接过聚光灯，跟在高岛学姐身后踏上台阶。听阿三说这灯便宜的也要十六万日元呢。要是弄坏了，接下来这四个月就得打工还债了。

"拿这些干什么？"这是戏剧部的东西吧。

"之前借来用的。礼堂里稍微有点儿暗。"关于演出的事大概只有高岛学姐一个人这么上心。

由于我突然停了下来。秋野猝不及防地撞到我的背上。

"你说借来用的，什么时候借的？"

"大概一周前吧。"

"那这段时间都放在哪了？"

高岛学姐有些讶异地答道："就放在礼堂里了呀。"

大家练习结束后，礼堂的门就会关起来，但并不会上锁。谁都进得来……要是这样的话，那到底是怎么回事呢？

"怎么了？"

"呃，那就是说，就算不是吹奏部的人，任何人都能把这东西拿出去吧。要是这样的话……"

要是这样的话，为什么戏剧部的库房会进小偷呢？要是想用聚光灯，只管从这儿拿就行了。

我想得入了神，高岛学姐轻笑起来。

"叶山，你好像伊神学长啊。"

这句话让我微微吓了一跳。

将聚光灯放回库房后，我顺便找了个戏剧部的人问话。问他库房的新门锁是什么时候装上的？

"前天啊，就是我买来装上的。柳濑说让我买个'结实得要能锁住大猩猩的锁'，没办法，我就买了这个，不过我倒觉得不会有人来偷什么东西的啦。"

他是叫江本还是江夏呢，突然之间我也想不出他的名字，只记得叫江什么，这位学长对我的奇怪问话没有丝毫疑虑，一五一十地告诉了我实情。

"钥匙在谁手里呢？"

"当然是老师啦，社团活动室和玄关的钥匙都在他的手里。"江什么学长突然举起双手说，"他让我这么说的。"

"其实呢？"

"是柳濑。那家伙今天感冒了没来，我还特意跑到她家拿过来的。"

柳濑同学家就在学校附近，按她的性格，如果在上课途中发现有什么东西忘在家里了，都有可能直接回家去拿。

"只有柳濑同学有钥匙吗？有没有备用钥匙啊？"

学长抱起胳膊，用跟柳濑一模一样的语气说："哇哈哈哈哈。你觉得我们有多余的经费来配这种东西吗？"

那根本花不了几个钱吧。

"我明白了。"

学长看着我，不知为什么他似乎挺高兴。

"叶山，你是在调查什么案件吗？我觉得自己像在接受审讯似的。"

"没有没有，你又不是什么嫌疑人。"

"要不要再演一段'我已经有线索了，你还想装蒜到什么时候''等一下山本……你老家哪里的'……"

"对不起，我演不了。"

"为什么？可真没意思。"他好像很遗憾的样子。戏剧部里的怪人可真多，我想八成是受了他们部长的影响。

"这次换叶山来做侦探了吗？"

高岛学姐一边看着我一边说道。

"不是啊，我是受人指使。是伊神同学让我来问的……说穿了还是因为我好使唤。"

"啊，是这样吗？"

"就是这样。"

我把刚才跟伊神同学的对话讲了一遍。

"这可有意思了。"

高岛学姐的视线不知飘往何处，好像在思考什么，不自觉地露出了微笑。

"伊神学长居然还有这样的一面啊。"

"是真的。"

"不是这样的。"高岛学姐露出了笑容，"因为他这个人不太会为自己辩解，所以常常被误会。昨天晚上，他为了不让事情闹大可是绞尽了脑汁。"

"是这样吗？"

"伊神同学在窗边对我们做的手势，是让我们把灯关掉离开房间。起初我还不明白为什么他不直接说话，估计那时候安保公司的人已经来了。"

"后来，发现出事以后，他就把我和柳濑支走了。他把灯关上以后，好像就尾随我们过来了。"

"如果所有人一起出去，就是五个人了，那就不像是情侣了。他大概已经想到了，只要沙织在场就能顺利地蒙混过关。"高岛学姐接着自嘲地说，"我……很不擅长说谎。搞不好就全说出去了。要是让他们知道我们潜入了 CAI 教室，那麻烦可就大了。可我当时根本想不到这一点。"

从结果上看，完全符合伊神同学的判断。

"而且呀，我们挨骂的时候，你知道伊神学长在哪吗？"

"不知道……难道不是躲在阴影里观察我们吗？"

高岛学姐莞尔一笑，道："当时 CAI 教室的门还是开着的吧？要是一直开着可就不好办了……"

原来高岛学姐昨晚给伊神同学打过电话，伊神同学在我们挨骂期间偷偷回到了第二副楼，从里面把 CAI 教室的门锁锁上了，然后从旁边那间有自动锁的系统管理室出来。但是，他这样做就说明……

"莫非他连我们会挨骂也都计算在内吗？"

"如果是他的话，很有可能呀。"高岛学姐好笑地点点头说，"就是有点儿对不起安保公司的人，这种恶作剧我还是第一次呢。不过说真的，还挺好玩儿的。"

高岛学姐望着远处微微笑着。

想来高岛学姐跟伊神同学的接触次数绝对比一年级的我要多。对于他的性格也比我更加了解。

我向文艺部活动室里窥看过去，伊神同学不在。登山部的眼镜学长正在悠闲地打开文库本的书。这里不只伊神同学会来，因为艺术楼三楼和四楼的房间大部分都不上锁，经常房门大开，所以很多人都会过来。不过，眼镜学长也不知道伊神同学的行踪。

我在艺术楼里找了一圈，还是不见他的踪影。跟平时一样，我发给他的信息也没回。没办法，我只好回到画室，盯着我那幅老虎的画许久，可怎么都不能集中精神，最后只得把画笔丢下。我也像是被壁男给附身了似的。

于是我再一次向文艺部活动室走去，途中正好碰到了刚才那位眼镜学长。他说："伊神同学好像回活动室了。不过，不知道为什么他拿着一束花。"

"一束花？"

"嗯，而且是很大很扎眼的一束。"

跟往常一样，那个人在想什么我完全搞不明白。我敲了敲门后推开门，伊神同学微微一笑道："哎呀，你要加入我们部吗？"

我把打听来的消息简短地跟他说了一遍。说到聚光灯的情况时，伊神同学不知为何颇为满意地点了点头说："原来如此啊……果不其然，看来这件事是有人在捣鬼。"

他是怎么得出这个结论的？

"这个……怎么说呢？跟立花那次一样，这次发生的事从一开始就有股阴谋的味道。"

"诶？"我哑口无言，只好说出心中的疑问，"……可是这次的佐证很多啊？比如他没有从窗户进出，入口的门也锁起来了，而且还没有备用钥匙哦。有这么多的证据呢。"

"就是因为证据太多了，所以我才说有阴谋的味道嘛。"伊神同学打断了我，微笑着继续说，"心理学中有一个理论叫'威廉·詹姆斯法则'。"

伊神同学站起身来凝望窗外。"这个法则是关于 UFO 或灵异照片之类的超自然现象的。当超自然现象成为话题时，都会出现大量证据。但奇怪的是不管花上多长时间，人们都找不到任何决定性的物证。最后这种现象的可信度渐渐变得模糊，肯定派和否定派之间的鸿沟也只会越来越深，永远不能填平，这就是那个法则的内容。换句话说，在超自然现象中所谓的'证据'都有探讨的余地，足以提出反对意见。确实，像 UFO 和尼斯湖水怪*之类都有照片作为'实证'，但是也有人提出反对意见，认为照片是假的。后来还有人说过'用渔网套住了不明生物的尸体'，如果对尸体进行鉴定就可以作为决定性的证据，可为什么捕获它的人说'因为太害

---

*　尼斯湖水怪，经过细致的调查，已经否认了它的存在。——译者注

怕给扔掉了'就没了下文呢。"

"真是太可惜了啊。"

"在出现'新尼斯湖水怪'*的消息时，我爸也是这么说的。超自然现象的决定性证据总是这样'刚好'就错失了。明明捕获了尸体，却刚好给扔了，然后就找不到了。照片是拍下来了，但刚好是逆光，或者把障碍物给拍了进来。然而……"伊神同学依旧望着窗外继续说道，"'壁男'的情况怎么样呢？一切都刚好逆向而行，发生的所有事都刚好把否定派提出反对意见的空间封死了。入口的门恰好刚刚换了锁，没有备用钥匙。刚好房间的窗户开着，所以壁男不可能是映在窗户上的影子，而且刚好我们证明了没有人从窗户进出。当然，最后这点是我让他们做的。"

"这么说的话……也就是……"

"如果是超自然现象的话，不管有多么的神奇和偶然，都会给否定派留下质疑的空间。如果没有，就说明'壁男'不是超自然现象。"

"我怎么觉得你在胡扯呢……"

"哎呀，就算我刚才说的都是玩笑，"伊神同学笑着转过身来，"不过戏剧部的库房，刚好就在这时候进了小偷，然后换了锁，这也太巧合了吧。好像在说'这里一定要是密室'。"

我终于明白伊神同学想说什么了。

"也就是说，那里进贼的真正理由是……"

---

* 新尼斯湖水怪，1977年（昭和五十二年），在新西兰海域，拖网渔船瑞洋丸发现一个长脖龟一样的东西，他们以为是蛇颈龙，就把这个不明生物腐败的尸体给打捞上来，可是船长说"太臭了"就给扔了……这其实是个笑话。其实他们带回了尸体的一部分进行鉴定，结果证明这种生物极有可能是一种名叫"姥鲛"的鲛类。——译者注

"如果看作是为了换锁，一切就有答案了。"

"原来如此。"

"不过也不能完全确定。决定换锁从头到尾都是柳濑的主意所以呢，也许还有别的理由。"

伊神同学说到这里话锋一转，道："叶山呀，你的下一个任务是……"

"是什么？"

伊神同学拿起桌上的花束。

"你去探望柳濑。"

"……哈？"

"哎呀，哈什么？柳濑还不是因为陪你待在那么冷的地方才感冒的。"

我要是没记错，是伊神同学让她陪我的。

不过话说回来，昨晚柳濑就打了个大喷嚏。我当时还以为那是为了委婉地告诉安保公司的大叔们"想快点回家"而故意演出来的呢，搞不好那是真的。

拿着花去看她，柳濑同学不知道会是什么样的反应啊。我的视线落在他递过来的那束花上。

"这是什么花呀？"

"这个是苹果花，这是银莲花，这是鸢尾花……"伊神同学一个个指给我说，"这花角度有点儿怪啊，随便啦。这个是杜鹃花，这个是金鱼草。好啦，去吧去吧。"

"……那个，我不知道她家住在哪啊。"

伊神同学指着我手里的花束补了一句："很近的。里面有字条。"

我从花束里取出字条。原来他早就打算让我送去的。

"这个，我拿着它去，好吗？"举着花束这种东西走在路上，想想就羞死人了。

"你呀，有人探病是两手空空的吗？"

太阳打西边出来了，伊神同学居然主张要按照人情世故来做事。

"还要到她家里面去啊？"

"如果人家说让你去家里坐坐，你该怎么办啊？"

"啊……"

"好啦，去吧去吧。"

伊神同学推着我的后背。就在我要出发的时候，他好像想到了什么。

"啊，对了对了。柳濑为什么那时候刚好出现在那儿呢？我还挺想知道的。"

原来这才是他的目的，直说不就好了。

伊神同学的字是一种极其独特的缩写，除了他本人谁也不认识。我刚才怎么给忘了。我完全看不懂他的地图说明，只能按地图的指示勉强找到那个大致的区域，然后就没有任何提示了，我一边走一边挨家确认人家的门牌，希望能找到"柳濑"两个字。要不是穿着一身校服，别人肯定会觉得我是个正在踩点儿的小贼。

学校周围的这片住宅简直就像迷宫一样，我明明是直着走的，不知怎么在狭窄的小路上拐来拐去，拐去拐来之后居然又回到了原点，真是谜一般的街区。里面有很多老房子，所以这个街区可能是老城。

这条街可能是滨海地区和内陆地区的分界线，滨海地区这边的车站经过改建后已经焕然一新，旧商业街上也尽是新开发的高楼大厦，这样的街景从前是属于内陆区的。当然，我们就读的市立高中也属于内陆区。内陆一侧没有进行再开发是因为有几位地主盘踞在此，说起来好像东同学家就是其中之一。至于说他们到底是阻碍城区再开发的累赘，还是守护古老美好街道的良知派，那就是仁者见仁智者见智了。

我这样心不在焉地想着这些没头没脑的事走了一小时。这边的房子看上去都是一模一样的独门独院，我正琢磨着住在这里的人晚上是怎么找到自己的家的，突然看到一个门牌上写着"柳濑"。我按了按门铃，没声音，也没有任何反应。房子里面也没有动静。我估计是坏了，于是自作主张地打开门走向玄关。趴在狗窝里的一条中型犬像子弹一样弹射出来开始吠叫。像是某种杂交品种，只有脚和脖子那一圈是黑的，其他地方都是象牙色的。他尾巴都快摇烂了，锁链绷得紧紧的，还在奋力往前扑。最吓人的是它几乎是直立起来的，后脚像踩风箱一样保持着平衡。它要是再努力个三年，可能会进化成二足步行犬。过了一会儿，传来了一个女性的声音"来啦"，接着就是啪嗒啪嗒的脚步声。这狗可以当门铃用了。

"来啦，哪位啊？"门开了，一位女性走了出来，身上围着一条被油烟染得变了色的围裙。这分明就是三十年后的柳濑同学。

"哎呀，好漂亮啊。"柳濑妈妈注意到了我手里的花束。我跟她打了招呼，说明自己的来意之后，柳濑妈妈突然啪的一下，脸上泛起了光泽。

"我知道你哦，你是叶山淳史同学吧。"

那是谁啊，拜托。柳濑妈妈打量着我和花束，不知为何流露出了别有用意（这么说虽然有些失礼，不过我只能想到这一个词）的笑容说着："这个花束挺有意思。"

狗除了维持基本呼吸之外，依然在叫个不停，同时把锁链绷得更紧了。

"哎呀，这狗太吵了，抱歉啊。"柳濑妈妈对狗命令道，"淳史！坐下！"

我很沮丧，原来淳史是这位神犬的大名。被呵斥的"淳史"呼哧呼哧地喘着粗气，老老实实地坐在那里。柳濑妈妈指着狗窝命令道："回去！"

"……是阿依努[*]语吗？"

柳濑妈妈笑了起来。

"有意思吧？我们一开始就用阿依努语训练它，现在它对日语已经没有反应了……好开心啊，居然有人懂这个。"

"普通人都会认为是日语或是英语吧……"

初中时，我有个朋友教他们家的八哥说津轻^{**}方言来取乐。就跟现在的情况差不多。

柳濑妈妈快活地招呼我进门。照这个气氛发展下去，搞不好她会问我要不要一起吃晚饭。然回她回头对着楼梯的方向喊："沙织！淳史来了哟！"

我可不是……

柳濑妈妈啪嗒啪嗒地走上楼梯，稍微安静了一会儿。柳濑家的玄关散发着一股玫瑰干花的香气，不知道是不是出自妈妈的喜好。玄关里铺着拼布的蹭鞋垫，鞋柜上插着山茶花，旁边摆着像是手工制作的拉小提琴的少女人偶，还有手持扇子的落语家的布偶。这个人的兴趣爱好相当广泛啊。

这时柳濑妈妈回来了，迎我进来，然后认真地向我施礼："十分感谢。那孩子这下该高兴了……"

"啊，您别这么说……哎？怎么回事？"

可是柳濑妈妈突然用手捂住了嘴，别开眼神。接下来说："请你去看看她吧。"

---

* 阿伊努，阿依奴族是日本的一个原住民族，他们生活在日本最北端的北海道地区、桦太、千岛列岛，甚至俄罗斯东部地带，是北海道的土著人，以狩猎、渔业为生。——译者注

** 津轻，日本本州最北部的地区之一，当地方言非常重。——译者注

哎呀哎呀，不是感冒吗？

柳濑同学的房间里一片寂静。不是说闷，纯粹只是安静。

"你来啦。"

柳濑同学躺在床上，只能勉强地转过头来看着我。

"那个，我听说你感冒了。"

"嗯。感冒而已。"柳濑同学跟平时完全不一样，用羸弱的声音说着，"所以，不要紧。这次肯定会好的。"

等一下，她得了什么病啊。我大脑高速运转着，大概猜到了她的病。

柳濑同学深吸一口气。

"不好意思啊，我只能躺着……起来的话有点儿不舒服。"

"不会，你躺着就好。"

柳濑同学微微笑着。

"……我好高兴你能来……或许……再也……"她别开视线说，"见不到了呢……我以为……"

这时候，我该说些什么好呢。

"你的病……从什么时候开始的？"

柳濑同学望向远方。

"不记得了……一直是这样的，从小的时候开始……"说到这儿她又深深吸了一口气，然后剧烈地咳嗽起来。

"不要紧吧？"

柳濑同学一副开不了口的样子咳嗽了一阵。然后仰卧着深呼吸几次。几十秒之后才冷静下来。

"柳濑同学……"

"叶山……我有事想拜托你。"

柳濑同学一副很苦恼的语气说着："我知道有点儿过分。不过……"

"不，你说。"

"春天的舞台剧，我希望你能参加。"

"……"

我回头往房门的方向看去，柳濑妈妈不知什么时候把门关上，消失在楼下了。

"你妈妈配合得真好啊。"

柳濑同学大笑了一阵，轻快地坐起身来说："抱歉抱歉。你什么时候发现的？"

"果然，你这不是好好的嘛？"我挠了挠头说，"我现在才发现啊……虽然之前怀疑过你是不是装病。"

"哎，是我妈妈演得太浮夸了吗，还是我演技太烂了？"

"倒不是说很烂。"

柳濑妈妈在玄关时候就开始喊她的女儿了。女儿既没有动，也没有大声回话，所以她很自然地走到女儿房前。

"你妈妈可真厉害。在那么短的时间里跟你碰一下就能配合得那么好。"柳濑妈妈进到房间里不过几秒的时间，就跟女儿商量好了。这就是传说中的'上阵母女兵'吧。

"配合得好吧，以前我们就是这样。"看来她身上确实有妈妈的遗传因子。柳濑笑着下了床，披上一件开衫后说："我想试试自己扮演个病弱的人到底像不像，看来还是不行啊。"

这个态度一点儿也不严肃。

"从小患病的人应该更坚强才对。你不需要那么悲怆，要表现得毫不在乎才对。"

"原来如此。我会好好参考你的意见。"

门开了。柳濑妈妈说句"打扰了",端着茶和蜂蜜蛋糕走了进来。看了看我,开心地说:"啊呀呀,看来是露馅了啊……我对自己的演技还蛮自信的呢。"

如果筒井康隆*在这里的话,一定会说她们是"同卵母女"之类的。柳濑妈妈把盘子放下,窃笑着说道:"对不起呀,都一把年纪了还开这种玩笑,我是个怪阿姨吧。"

"没有,那个,呃……"

我暗叫好险。刚才差点点头同意。

柳濑同学一下子扑到蜂蜜蛋糕前。

"妈妈,哪来的蜂蜜蛋糕啊?"

"这是你爷爷藏起来的。你们要是不帮他吃掉,医生又该骂我了。淳史啊,你慢慢吃吧。在我们家待到什么时候都可以哟。"

柳濑妈妈看着我,又露出跟刚才一样的笑容。然后她噌地站起身,抱着胳膊走了出去,边走边说:"我现在要去准备晚饭了。"

"不用了,我不会逗留那么长时间的。"我慌张地说着,可是柳濑妈妈已经下了楼,不见踪影。

柳濑同学有点儿不好意思地笑了起来,说道:"你别管了。不久前我们戏剧部的男同学来我们家,她也是这样。"

气氛安静了下来。这种时候,待在别人的房间里,总会感觉别别扭扭的。而且我还是第一次进到妹妹之外的女生房间。起初我一直东张西望地打量着她的房间,觉得这里比我妹妹的房间要漂亮,可是中途突然意识到

---

* 筒井康隆,日本著名的科幻小说家。——译者注

这么做太没礼貌了，赶忙低头喝茶……然后就一直在喝茶。这时我发现柳濑一直盯着我右边的腋下看。顺着她的视线看过去，我才想起原来我带了一束花啊。

"啊，柳濑同学，这是慰问你的礼物。"

可不知道为什么，柳濑同学没有接过去。

"这是……银莲花吧？"

"是的。"

柳濑妈妈好像对花很有研究。就算她们不是同卵，但是她作为女儿想必也知道不少。

柳濑同学接着说道："……鸢尾花、杜鹃花、金鱼草……这个是？"

"是苹果花。"

柳濑同学盯着花束看。不知怎么，耳朵一点点红了起来。她低下头，用几乎消失不见的声音说："我好高兴……"

"哎，别这么说……"

柳濑同学听起来好像稍微有点儿慌乱。"可是，你这也太突然了。"

"哈？"

"那个，你看，我妈妈还在呢。"

"啊？"

柳濑同学站起身来说："我们出去吧。我马上换衣服。"

我慌忙阻止道："别啊，你不是还感冒呢？怎么了，突然要出去？"

柳濑同学愣在那，直勾勾地盯着我看。

"这花……不是你准备的吗？"

她一脸正经地盯着我，让我想把眼神别开又不敢，慌里慌张地答道："那个，是伊神同学准备的……呃，他说让我送过来。"

柳濑同学听了这话，"呀"的一声突然趴下了，"伊神同学也太过分了！"

这话我倒是也同意。

"怎么回事啊？"

"你好像真的什么都不知道啊。"这次她"啊"的一声又往后仰去。

我这会儿差不多也猜到了。

"啊……原来是这样。"

我终于明白了，果然我又被耍了。

"银莲花的花语是什么？"

"我爱你。"

我叹了一口气……跟我想的一样。那个人准备花束的时候我就该怀疑的。柳濑妈妈别有用意的笑容也是因为这个原因喽。

柳濑同学快嘴快舌地说着："然后，苹果花的花语是'诱惑'。"

"哦。"

"金鱼草是欲望。"

"天啊！"

"然后，鸢尾花是……"

"是什么？"

"我欲火焚身。"

我全身无力地瘫坐在那，害臊得抬不起头来。

"被耍了……"

柳濑同学还在继续说着："然后，这种弯弯的杜鹃，花语是自制心。"

"太过分了……"他到底从哪儿买来的？我估计一家店根本集不齐这些花，他大概去了很多家花店。

"滴水不漏的人啊。"

柳濑同学笑了起来，我也跟着一起笑了。

"啊，"笑了一阵子，柳濑同学突然拍着脑袋站起来，在包里找什么东西，接着她拿出了手机说："那，这个你也不知道吧？"

（发信人）yhayama0429@＊＊＊＊.ne.jp

（主题）我是叶山

很抱歉，冒昧联系你 m（＿）m 我有很重要的话要跟你说。你能到画室来吗？我会等你的（^_^;）。

这可有点儿过了。不只冒着别人的名字发信息，居然还加了那些颜文字，这算什么事儿啊。

"这是谁啊？"

"是叶山的赝品，气死我了，我上当了。"

邮箱地址做得那么逼真，这手法简直妙极了。

"抱歉，我要是早点告诉你邮箱地址就好了。"

"现在告诉我。"

"是……不过，现在看来给你发信息的人知道你的邮箱地址啊……柳濑同学，你都告诉过哪些人了？"

"这个……"柳濑同学的视线开始游离，"我们部里的人吧。我们全班的女生，男生也都有。还有原来一年七班的同学，合唱部和轻音乐部的成员，光和瑞穗，大泽军团，中学那些家伙们，还有妈妈。"

"行了，可以了。"

个人信息到处泄露，完全无法锁定范围。

"没想到你这么开放啊。"

　　"就是说啊！"柳濑同学盯着我看说，"好奇怪啊，我们两个。居然不知道彼此的邮箱地址。"

　　"啊？"我不知道该做何反应。

　　不过……

　　我坐直了身体。不管怎么说，有一个情况已经很明确了。昨晚有人把柳濑叫了出去，我们在那儿碰到她并不是偶然。

　　"其实是伊神同学让我来问问你昨天为什么在那儿。"现在我终于明白了。在这种情况下，如果伊神同学自己来问，柳濑同学不知道会不会告诉他。现在想想，她昨晚也没能说出来自己为什么在艺术楼。

　　柳濑同学噘起了嘴说："接到你发来这样的信息，我怎么可能不去呢。"柳濑同学有点儿不好意思了，她的脸颊微微泛红，眼神也闪烁不定。

　　信息是昨天下午六点零三分发过来的。我们碰到柳濑同学的时候已经过了九点了。想到这儿我心里微微一惊，忙道："抱歉。下次我一定正式约你出来。"我焦急地想赶快说点儿什么，结果说出这么一句。

　　"真的？太好了！"柳濑同学直接庆祝起来，"那下次我们去巴黎吧？我一直想去看歌剧呢。"

　　"不会太远了吗？"

　　"但是我们起码要了解一下歌剧的基本知识再去才有意思呢。我们戏剧部就有资料，有些对这方面比较了解的前辈可以从发声练习开始教我们哟。"

　　我一点儿也不讨厌柳濑同学，只是不喜欢她劝我加入戏剧社。

　　后面的时间里，柳濑同学大概劝了我三十分钟，柳濑妈妈又劝了我十分钟让我留下吃晚饭，接着又跟淳史玩了十分钟，我才从柳濑家里告辞。

在回学校的路上，我又想起刚才在柳濑同学房间里时自己小鹿乱撞的样子，想象着两个人漫步在法国街头，"到了巴黎，也可以去巴黎奥赛美术馆啊，听听歌剧也不赖"。当然我完全没有想过我和柳濑同学应该都听不懂法语的台词。

回到艺术楼的时候太阳已经落山了。我一边琢磨着今天的路走得可够多了，一边踏进了昏暗的玄关。

里面一个人影都没有，鸦雀无声，但是我却没那么害怕了。因为我已经知道，昨晚那位壁男就像伊神同学指出的那样，不过是个骗局。

以下是我的推理。

柳濑同学昨晚六点以后被某人给叫了过来，信息上写着让她来画室。这一招是为了给我们准备好戏剧部库房的钥匙，真是用心良苦。柳濑同学倒是可以回信息给那个地址。只是如果对方不回她也没有其他办法了，只能按对方说的在画室前面等着。我们目击到壁男是在九点以后，那时她人在艺术楼的玄关前面，想必是因为一直不见我来，所以出来等了。

按我的推理来看，就算让柳濑来画室，她也有可能没拿着艺术楼的钥匙。而这里正是关键。柳濑同学把戏剧部库房的钥匙和艺术楼的钥匙都串在了一起带在身上。所以只要带着艺术楼的钥匙，就等同于带了库房的钥匙。如此一来，那个人就在不让任何人疑心的情况下为我们准备好了库房的钥匙。昨晚我们刚好在艺术楼前见到了柳濑同学，不过就算她在画室前不动也会遇到我们，因为那里正好对着库房。

而且这个嫌疑人——或者说布局人的目标是让我们打开库房的锁，进入房间确认里面的情况。如果我们不进去确认，就会给目击壁男的证言留下了可以提出异议的余地。而且犯人可能很了解伊神同学的性格，知道他看见了壁男就会马上赶到现场。

以上就是我的推理。怎么样，就算没有伊神同学我也能想出这么多呢。

回到画室里拿了东西，我打算马上就回家。这几天里，我的创作毫无进展，关于老虎的画完成了四分之三左右，然后就一直搁置不前。甚至还没有名字呢。

从楼梯下到二楼的时候，背后传来"嚓啦"一声。

艺术楼里应该只有我一个人才对啊。刚才三楼明明一个人也没有，现在楼里不该有动静啊。我竖起耳朵仔细听，还能听见那个声音嚓啦嚓啦，接连不断，而且似乎正在移动。

是脚步声，没错。但是……

这不是拖鞋的脚步声，穿着室内鞋走路也不会发出这种声音。

如果穿着学校配套的鞋子走路，可能会发出这样的声音吧？

想到这里，一阵恶寒迅速从胳膊冲到后背，再蹿升到脖颈。我想起了前几天从秋野那里听来的话。

——因为他穿着学校配套的鞋，行动时会发出窸窸窣窣的脚步声。因此，只要竖起耳朵仔细听……

嚓啦嚓啦，脚步声已经到了我头顶上。然后安静了一阵子，然后又嚓啦嚓啦，开始往远处去了。果然是在三楼。就在我的头顶上走来走去，似乎正在徘徊。

是壁男吗？不，怎么可能。我不是刚刚才搞明白昨天见到的那个不过是场骗局。如果是这样的话，那会是谁在恶作剧？他可能是听声音知道我回画室了。

这样一来，只有一个人能做出这种事。

"伊神同学。"我往楼梯上喊着。声音不是特别大，没人回答我。脚步声还是嚓啦嚓啦地向远处走去。

管他的，我只管回去就是了，虽然心里这么想，可不知道为什么脚却动不起来。不过另一方面，我也不想上楼。三楼的灯刚才已经熄灭，一片漆黑。楼梯后半段现在完全隐没在黑暗之中，看起来仿佛通往异世界。

既然我刚才已经喊出了伊神同学，就不能这么回去了。要是让他觉得我被吓得不敢上去可就丢人了。又听了一阵脚步声后我终于跳上台阶开始上楼。中途就陷入一片黑暗。登上楼梯后左边应该就是开关了。

穿过楼梯缓步台的时候，我还能听见嚓啦嚓啦的脚步声。而且这次是离我越来越近了。于是我停了下来，准备等他走远再继续上楼，当我刚冒出这个想法的瞬间，脚步声停止了……我可能是吓坏了，而且我也不想站在这么黑的楼梯上等着脚步声靠近。有那么两三次我都打退堂鼓了，不过最后还是咬牙坚持着登了上去。

穿过了缓步台，从这里基本接近纯黑了，我要小心别摔了跟头。这么想着，我的注意力都放在了脚下。

咔噔一声之后，脚步声消失了。

我一直低头瞄着脚下走上台阶。上楼之后才抬起头来。

什么也没有……只有黑暗。

我伸出手去用指尖在墙上摸索，有三个开关排成一竖排。我摸到一端按下开关，刚刚发出亮光的荧光灯一闪一闪的，让人好着急。

我环视着走廊，果然什么也没有。呼地吐出一口气，呼气的同时紧张感也跟着排出了体外，消散在走廊安静的空气当中。刚才可真是太吓人了。

"伊神同学。"

我又喊了一次。我的声音发出回声，最后只有很微弱的声音传了回来。没人回答。我左右观望一番，最初注意到的就是旁边的卫生间，里面的灯已经关了。我猛地窜进去，把入口附近的开关全都打开了。

换气扇就像睡懒觉时被人掀开被子一样，发出不满的声音。我大步踏进卫生间里，里面一个人也没有。当然，每一间的门都关着，可是都没有上锁。这里没有人的气息，就算不一间一间的确认，厕所里有没有人也大致可以感觉出来。

一股氨水的刺鼻气味，湿漉漉的地砖给人一种不整洁的感觉。我赶紧退出了厕所。女厕就算了吧，男厕所的灯就那么开着，我走到了走廊的一角。

"伊神同学，该回去了。"

画室的门刚才已经锁上了。戏剧部活动室，同好会活动室，文艺部，果然没有一处开着灯。那一边是"内陆"的房间，什么时间都有谁在使用，谁负责锁门，就连平时有没有人用都不得而知。我决定回去了，我不打算从一侧开始一间一间打开其他活动室去找伊神同学。

厕所的灯灭了。背后好像有什么东西，于是我赶忙转身，却什么也没有。

哎呀哎呀。我深深叹了一口气，离开了艺术楼。回去的途中，我好几次回头从外面观望那栋楼，直到最后也没见有人从里面出来，也没见到哪里开灯。

但是，在回家的路上我一直在想，那个脚步声是伊神同学的恶作剧吗？

伊神同学确实喜欢恶作剧。以前他为了吓唬我，从我的素描下弄出一只真的小猫（然后他还问我你们家能养猫吗？好像是捡来了一只被遗弃的小猫）。可是如果假设这是伊神同学的恶作剧，那也未免太孩子气了。发出脚步声来吓人，有人来了就藏起来。这不跟我小学时候玩的按人家门铃之后赶紧逃跑的游戏如出一辙嘛。如果是伊神同学，怎么也会玩一些更有趣的高级手段啊。

如果不是伊神同学，那会是谁干的呢？我回到艺术楼的时间按理来说应该不会有人在了，有谁留下了吗？但是那个人需要知道我会回到画室，并且知道我正在调查壁男的事。

　　会是谁呢?

　　我想不出答案。看来只能拜托伊神同学了。

第五章

第五天的幽灵

自从闹鬼事件以来，伊神同学差不多每天都会来学校。

今天也不例外，放学后我来到画室，伊神同学果然也在。他说昨晚一直在思考，后来不小心就睡着了，醒来时发现已经是第二天下午两点了。他到底打算什么时候复习考试啊！

"学业那边没问题吗？"我担心地向他问道。

伊神同学却充满自信。

"我一定考得上。要是连我都落榜了，还有谁能考上啊。"

罢了罢了，这也不是我该操心的事儿。

伊神同学昨天好像天刚黑就回去了。我向他说起昨天的脚步声，他兴致勃勃地探过身来。看来还真不是他的恶作剧。

"但如果不是你，会是谁呢？"

"这个嘛，谁都有可能吧。"伊神同学嘟囔了一句，"谁干的呢……话说回来，立花那起事件的嫌疑人还没找到呢。"

高岛学姐说过可能是某个跟立花同学关系不好的家伙干的，会是谁呢？想要锁定到具体的人身上是相当困难的。

不过，我突然产生了一个不寻常的想法。

"我心里倒是有个人选。"

听我这么说，伊神同学只"哦"了一声，抬起头来问："谁？"

"这个，到底是怎么回事我其实也不清楚……"

"急死人了，叶山。"

你不是更急人，我把这句话强咽下去。

"是东同学啦。"

"哦？你有什么根据？"伊神同学眼睛开始放光，催促着我赶快说。

"那是大前天的事。我去礼堂找高岛学姐，碰见了东同学，还跟他聊了一会儿。当时他问我看到立花同学的幽灵时，还有进艺术楼的时候高岛学姐是什么反应。"

"嗯……然后呢？"

"呃，我觉得这件事本身就很可疑。"

"怎么说？他不是因为那天你跟小光一直在一起才问的吗？"

"我们是在一起。但东同学应该并不知道啊……第二天，我，秋野，还有高岛学姐都没有泄露半点风声，只有阿三把事情传出去了。"

"嗯，性格使然。"

"可是阿三那家伙，传话的时候对调了我和他的位置。也就是说，根据他听到的版本来说，进楼搜查的人是阿三和高岛学姐，而我和秋野两人等在外面。"

"原来如此……啊。"伊神同学微微一笑，"所以说东在第二天以听到传闻为由找你搭话，问你小光当时的情况，这一点让你觉得很奇怪，是吧？因为在他听到的版本中，跟小光在一起的是三野才对。"

果然他的理解能力很强。

"没错。除非他早就知道是怎么回事……"

"你是觉得他当时可能就在现场，直接目击到了吧？嗯……你分析得很好。"伊神同学点着头说，"原来如此啊……我之前认为他可能只跟壁男有关。"

"……是吗？"

"嗯，不过只是怀疑。他到底是不是主犯还不知道。"

"可是壁男出现的时候，东同学跟我们在一起呢。"

"正因如此，我才怀疑他是共犯。"

"啥？"

伊神同学探过身来提高了语速。

"你仔细想想。前天，东带着手电筒吧。可是关键时刻却打不开了。"

"好像是啊，他当时说是从吹奏乐部的库房里拿来的。"

"没错。特意从库房里拿了个手电筒，结果关键时刻却打不开，会有这样的事吗？"

"那到底是怎么回事呢？"

"东在拿出来的时候，难道就没打开试一试吗？正常来说，拿走前都会打开试试吧？"

好像是这么回事。如果不把自己代入进去想想，可能不会想这么多。

"如果前天那会儿，手电筒亮了，情况可就不妙了。"

"是啊，当时壁男出现的时候，那个房间的电闸都被拉下来了，就是为了让屋子变暗。"

东同学是壁男那件事的共犯。我在脑海中回忆前天的画面。可能是因为当时太慌张了，脑海中的画面并不清晰，可是东同学怎么看都不像是共犯啊。

"但东同学在壁男出现的时候叫得好大声，后来也吓得浑身发颤，我实在看不出来那是演的……"

"嗯。虽然他可能是个演技派，不过也演不出那种水平。"

"那……"

伊神同学指着我说。

"你认为立花事件的犯人是东吧？"

"啊，我也就是想想。目前还没有办法确定。"

"假设你的想法是正确的，那他当时的慌张也就可以理解了。"

这话是什么意思？伊神同学指着我一动不动地陷入沉思——这家伙果然要急死人。

伊神同学像定住一样开始思考。他的脸虽然对着我，可视线却投向了异次元的某个空间，完全没有焦点，让人有点儿心里发毛。

"算了，再去确认一遍吧。"他对着异次元嘟囔一句，"好……喂，叶山。"视线突然回到了我的身上，"你知不知道哪里有空房间，最好是和室风格。"

"要和室吗？"为什么提出这样的条件？"四楼的和室应该空着。"

"花道部今年解散了，茶道部也只剩下三年级的学生了。没错……叶山，吹奏乐部的代表……也就是小光吧。你叫她过来，另外最好再叫上三野。"

"叫到和室吗？你要做什么？"

"审讯。"

"什么？"

"然后……"

尽管我对伊神同学发出的奇怪指示非常诧异，但最后还是要去戏剧部。

"叶山。"

"嗯。"

"热死了。"

"彼此彼此啊。"

"我们要这样到什么时候？"

"要等到伊神同学说可以出来的时候吧。"

"在那之前我要一直跟你两个人待在壁橱里吗？太难熬了……"

"彼此彼此。"

我怎么觉得最近一直在屏住呼吸呢。前天也跟现在差不多。那时是在CAI教室的桌子下面，这次则是藏在和室的壁橱里。我和阿三两个人大腿紧挨着蹲在里面，感觉好热。

伊神同学是这么指示的。

"我要跟东打听点儿事。要是人太多了，或许他就不肯说了。你们想听的话，就躲在壁橱里听吧。"

下面传来"咚"的声音。

"高岛学姐，你还好吧？"

我向下面小声问道。她回了一句没事。唉，高岛学姐也老是被要求做这样的差事。

咚咚，外面有人在敲拉门。我想着是不是可以出去了，伊神同学开口了。

"他来了。我说出来之前都别出声。"

拉门被打开的声音，然后是脚步声。我赶紧挺直了身体，屏住呼吸，竖起耳朵。

接下来是伊神同学的声音。

"喂，东。你认了吗？"

接着传来东同学晦涩的声音。

"你想干吗？"

伊神同学的声音格外清亮。

"这个问题我还想问你呢。为什么要做那种事啊？"

"跟你没有关系。"

"我可以不管。但小光可是相当困扰呢。"

"又不是我的错。"

"你不仅参与了壁男闹鬼的骗局，还传出了立花的事吧？"

沉默。片刻之后传来东同学的声音。

"我不知道。走了。"

脚步声。咔哒，拉门再次被打开的声音。

"立花事件的时候，我们有人看到你在现场了。那个人已经在怀疑你是不是嫌疑人了。"

伊神开始杜撰从没发生过的事。

"你可以回去，但如果你现在走了，我会把我的想法传达给吹奏乐部。想必大家一定会很生气吧。"

不知怎么我突然担心起来。虽然伊神同学的语气跟平时一样，可这是赤裸裸的威胁啊。

"随你的便。"

东同学的语气有点慌张了。

"我叫你来不是要听不知道。你要是问心无愧的话，完全可以无视我的短信。"

伊神同学没有什么变化，但他说的内容真是令人惶恐。刚才我还奇怪呢，难得见伊神同学摆弄手机，原来是在给东同学发威胁短信——"我知道闹鬼事件是你搞出来的。"

"如果我去吹奏乐部里说你是犯人。刚才我说的那位成员也会出来给我作证。至于真相如何也无所谓了，只要吹奏乐部的人都相信的话。"

咯吱，脚步声。

"传闻的力量有多大，你应该知道得很清楚吧。"

阿三小声嘀咕了一句"好可怕"。

"我倒也不是很想公开这个消息。只是很感兴趣，你为什么要做那样的事呢？"

沉默，接着是一阵慌乱的脚步声。伊神同学像是要盖过那个声音似的说道。

"那，我说出去也可以喽？"

"卑鄙！"

东同学的声音里满是愤怒。

怎么办？我忧心忡忡地听着。伊神同学是不是做得过火了，按这个情况发展下去，搞不好他要挨打了。但我们现在冲出去阻止他好吗？要是让东同学知道我们藏在这里会怎么样？

而且……我瞥了一眼旁边的阿三。要是我打开壁橱出去，那么阿三和高岛学姐也就一起暴露了。我和阿三被东同学讨厌倒是无所谓，反正阿三也相当讨厌东同学，可是高岛学姐怎么办。

不能出去……这是不是也在伊神同学的计划之内呢？

"你到底想干什么？"

"我不是说了嘛，只是我自己想知道。"

伊神同学这种若无其事的语气真的很容易惹恼被他胁迫的一方。

"你只需要告诉我，我不会告诉任何人，也没有说出去的理由啊。"

伊神同学平静地说道。我的胃里一阵抽搐暗自说道："喂，东同学啊，我们也在听着呢。"

"看你怎么选吧。是告诉我一个人呢，还是让吹奏乐部所有的女生都讨厌你呢？"

是我小看伊神同学了，他本来就是这么可怕，胁迫别人的时候居然面不改色。

"别闹了，你这混蛋！东同学的声音突然凶狠起来。"

"想挨揍吗？"

"就凭你还打不过我。而且打我对你有什么好处呢？"

"你要钱吗？"

听他这么一说，伊神同学笑了起来。

"啊哈哈哈哈。俗话说'知足者才是真正的富有，欲望太多只会造成内心贫穷'，现在我还在双亲的抚养之下，根本不需要那么多钱。而且，东啊……"

伊神同学停了一会儿，继续平静地说着。

"刚才那句"糟糕"的台词也不适合你啊，你肯定不常说。"

"嗵"外面响起砸墙的声音。"呼"有人深深呼出一口气。

东同学像是放弃了似的说道：

"我也是被逼的，就像刚才被你威胁一样。"

"你的意思是立花的事是你传出去的，后来这件事暴露了，你就被威胁了？"

"威胁我的不会就是你吧？"

"要是不想我说出去，你就得帮我的忙……是这样吗？所以你就配合了壁男的演出。跟我想的一样。

伊神同学说跟他的想法一样，让我很是惊讶。东同学是壁男的共犯……但是，他到底帮了什么忙呢？

伊神同学似乎能透过壁橱察觉到我的疑问，于是他接着向对方问话。

"我觉得很奇怪。我们一起目击到了壁男的出现。到这里都没有任何问题，但我们要是因为害怕，谁也不肯去那个库房呢？要是全体逃走的话，就没有证据来证明壁男的真实性了。反过来，要是所有人都去了库房，没有人监视窗户那里没人进出，那证据也同样站不住脚。再往前说，假如根本没人发现壁男该怎么办？传言说的是他会在 CAI 教室出现。所以，就算壁男在对面的艺术楼里现身，刚好……没错，如果你没有刚好看到的话，恐怕谁也不会注意到吧。"

"我只是听命行事。"

"是吧，你的任务是留在房间里监视窗户。要是没有人愿意去艺术楼的话，你就要提议去看看，想让我们看到壁男，一个人是做不到的。一个人负责布局，另一个人负责诱导我们目击到这一切，所以整体计划需要两个人才能实现。"

伊神的声音大了不少。或者说他就是对着我们这个方向说的，像是有意识地向我们说明。

"而且窗户必须要打开。假如窗户是关着的，就看不见房间里面。而且还可以说是窗户上贴着东西，或是有什么映在的窗户上。"

"你想明白了吗？那个壁男怎么搞出来的？"

"那个我还不知道。你也不知道吧？你前天惊讶的样子可不像是演出来的。你本身也只是按命行事，至于会发生什么，那个人根本没有告诉你，对吧？"

伊神娓娓道来。不过承认自己不知道好吗？假如东同学知道诡计的内容，这样一来岂不是问不出来了。

"嗯。如果不是这样可就麻烦了。要是从你口中透露出了诡计，那人可就功亏一篑了。"

看来伊神同学对这个答案已经满意了。

"那，我走了。"

伊神同学的声音又变小了，看来他又面向了东同学。

"我要是问你为什么要传播立花的谣言呢？为什么要布置那样的圈套呢？"

沉默。我以为伊神同学会等到他说出来，没承想还不到十秒他就又开口了。

"不说的话，我就像刚才说的那样做。"

毫无人性！

"我说还不行嘛！东同学烦躁地打断了他。"

"壁男的传说流行起来之后，我就想搞个恶作剧。"

"我就想知道你为什么这么做。"

"因为好玩啊。"

"你不想说的话，我来帮你说吧。因为你在心里偷偷地……对立花……"

"我只是喜欢她而已啊！那个人，突然就不知去向了，高岛明明知道她在哪里却不肯告诉我。"

"咔嘟嘟"一个很大的声音响起来。壁橱突然被打开了，把我吓个半死。然后，我大叫了一声，一动也不能动。房间里的冷气一下灌进了壁橱。

完了，露馅了。

我看了看阿三，他也一动不动，跟我一样愣在那儿。

"咚"的一声，高岛学姐站到了前面。

"好疼……喂，东，到底是怎么回事啊？"

高岛学姐理直气壮地责问东同学。东同学马上看向伊神同学。只见伊神同学马上移开视线，试图掩饰。

"高岛……"

"是你干的吗？"

东同学瞪着伊神同学。伊神同学一直望着别处，一点点远离东同学。

事到如今，已经没有藏下去的必要了。我也蹭着挪动屁股，从柜子里出来了。

"叶山……三野……"

对不起，我们向东同学表达歉意。可是高岛学姐马上打断了我们。

"东，请你回答我的问题。"

"这个……"

"你喜欢立花吧？"伊神同学替他答道。

东同学瞪了他一眼，马上又转向了其他地方。

"立花她多漂亮啊……所以我想知道啊。她怎么突然就不见了，现在人在哪儿，在做什么。"

高岛学姐听着伊神同学继续说下去。

"到底发生了什么事，小光又不肯告诉你。这时不知道从哪传来她已经去世的传言，你听了之后就更慌了……还是说，她去世的消息就是你传出去的？"

"才不是！"

东同学大声否认。

"应该不是吧。"伊神同学对高岛学姐说，只有这个人还是一副悠哉的样子，"大概是巧合吧，总之刚好赶上壁男的传说开始风行。大家都不敢留下练习，害得小光相当苦恼。于是，东就想不如让她再多些烦恼。"

"我可没这么想。"

"你就是这么想的。所以你决定在壁男的传闻中加入'立花的幽灵会出现'，再把它传播出去。小光好像知道实情。这样的话，她有可能会在大家面前否认这件事。立花还活着，根本不可能出现什么幽灵……什么的。而且，搞不好还能知道她的近况或者联系方式。"

剧情发展得如此之快，我不眨眼地盯着伊神同学。

"居然能做到这个地步？"

"我是从叶山那里听说小光知道立花还活着。东大概很早以前就有所怀疑了吧。所以才会想到这些。"

高岛学姐看着我。我尴尬地缩了缩肩。

"顺便说句，东啊，你们家虽然有钱，但住的还是传统和室吧。"

"是啊。"

"哎？伊神同学，这个问题是什么意思？"

但是伊神同学完全无视了我，接着说下去。

"嗯，我大概觉得是这样，就试探了一下。"

大家的视线都集中到东同学的身上。他低下了头。另一边，伊神同学口齿伶俐地继续加以补充。

"可是小光没有说明立花的近况，只是否定有幽灵出现。东的如意算盘没有得逞。于是陷入苦恼。好不容易传出去的流言就这么白费了。咶嘟嘟。"

"什么呀，这个效果音。"

"所以那天东拒绝了秋野的请求，就想出了那个诡计。他早就知道礼堂里有聚光灯。"

"都是……我的错吗？"

高岛学姐小声地嘀咕。

"没这回事，不是那样的。"伊神同学有点慌乱地赶紧否定她的自责，"总之呢，那个诡计取得了成功，立花幽灵的说法传开了。"

"完了，是我传播开的。"阿三向后一仰。

"更巧的是叶山刚好在到处打听立花的情况。东肯定在暗自窃喜。"他脸上也跟着演出了那个笑容。"结果，你的目的算是达成了一半吧？你现在至少知道立花平安无事。"

"既然如此，那为什么她突然就消失了？"东突然正色问道。现在反而轮到高岛学姐被逼问了。

"你既然知道，为什么不说呢？"

"如果你这么想知道，直接说出来不就好了。你要是说了我会去问立花学姐的。"

这一轮高岛学姐占上风。东同学一时语塞，伊神同学替他答了出来。

"他不想在秋野面前闹出太大的动静吧。"

高岛学姐轮流看向伊神同学和东同学，最后视线落在了东同学的身上。

"等一下，你……"高岛学姐盯着比自己高出三十厘米的东同学发出责问，"你不是说喜欢立花学姐吗？"

东同学一声不吭地盯着地面。

高岛学姐接着斥责说道："你到底喜欢哪一个？所有人吗？该适可而止了！"

高岛学姐怒气冲天，恨不得给他两巴掌，东同学在她面前连头都抬不起来，就像做了坏事被姐姐责骂的弟弟，场面有点好笑。

"给我等等"的声音从我的背后传来，是阿三。

"你这个臭小子，那秋野怎么办啊？"

"喂，三野，冷静点儿。"伊神不知道什么时候不声不响地绕到了阿三背后，把正要扑向东同学的阿三牢牢地按住。"疼，好疼啊"阿三吃痛拼命挣扎。好像是某个关节被别住了。

"好疼啊，伊神同学，有点儿疼。"

"暴力是不对的。"

"我知道了。"

见安抚好了阿三，伊神同学放开了手。他接着对东同学说道："东，你的行为虽然也不算是给谁带来了麻烦，但也不能说完全没有受害者。"

高岛学姐接着补充说："你要把所有的事全都向麻衣坦白。还有，不要再去招惹我们的部员。你还想让我们部因为你乱成什么样子啊？"

伊神同学坏心眼地做出最后的总结发言。

"要不，我就告诉吹奏乐部的所有人哦。特别是那些可爱的女孩。"

"伊神同学，你这话好像有点儿矛盾。"

我终于找到了插话的机会。

"嗯，好像是有点矛盾。"伊神同学笑着点点头说，"作为回报，我会告诉你立花的情况。"

东同学一动没动，高岛学姐则是惋惜地叹了口气。

这时有人敲门，秋野说了一句"那个，部长"走了进来。

"麻衣……"高岛学姐吓了一跳。刚才的话她都听到了吗？

秋野身后又跟来了一个漂亮女人。高岛学姐呆愣愣地叫出了名字——立花学姐。

"我出了点事。"

立花同学轻声地说出了如此惊人的事实。

"不过，我谁都没告诉，只有当时在交往的男朋友知道。当我向他求助的时候，那个男人没有管我。不过站在局外人的角度来说，他的反应也算正常。喂，伊神啊，男人是不是都这样啊？"

"不可能所有人都这样啊。"

伊神同学脸上难掩失望。

立花同学没有打算继续这个话题，她继续爽朗地继续说明。

"那家伙是个大学生，算是有钱人家的少爷，对我并不认真。可当时我觉得他好帅啊。但他却嫌我麻烦，要跟我分手，我一时接受不了。整夜不能入睡。人开始消瘦、烦躁，时常哭泣。他躲起来，不再见我。"她的视线转向了高岛学姐和秋野，"小光，男人不能只看外表。而且大学生也不行。尤其是见到年轻女孩就乐得不行的家伙更不行。麻衣你也得好好注意。"

阿三不知道为什么也跟着频频点头。

"我希望他能回到我身边，陪我一起度过难关。那家伙就像哆啦A梦被老鼠咬了耳朵一样，脸都蓝了。"如果没看过哆啦A梦，估计都不明白这句话是什么意思。"然后，他就强调两个人的交往是自由的，说我任性。最后故意赌气走了，从那以后就没了联系。"

"太过分了……"高岛学姐不由得说。

"哎呀，我当时太绝望了。"立花同学很坦诚地说着，"当时我甚至不想活了。"

"现在我们都看见了，你好好的活着呢。"

伊神同学打量着眼前的立花同学。立花同学机关枪一样的语速，已经看不出她曾经生过病。

立花同学看着大家，目光比以前更温柔了。

"所以我决定离开这里。"

"真了不起……"

秋野一声感叹。但这到底是勇敢还是无谋呢。

"确实很了不起，但也太不经大脑了。"伊神同学独自低着头，"不过，这很有你的风格。"

"最后还是我妈带我离开的……"

"立花，我记得你家母亲大人……"

"没错！"她指着伊神同学说道，"她是个很要面子的人。开口骂了一句混蛋，然后就说我不争气。当然，我已经做好这样的心理准备了。"

"说我死心眼儿。"

"说我为这样一个不负责、不认真的人，不值得。总之呢，她摆出一副比鬼还难看的脸色警告我，不要让其他人知道我遇到的问题。"

"原来是这样啊。"

伊神同学抱着胳膊点头。看来他见过立花的妈妈。

"差不多就是这样吧。我那时状态不好，根本无法上学啊。"立花同学看着我问，"你是叶山吧……不好意思，给你添了不少麻烦。"

"哪的话，我还好。"

她真的好美啊。被她盯着都好紧张。

立花同学也对高岛学姐鞠了一躬说："小光，对不起。我早点儿说就好了。可是我答应了妈妈不告诉任何人的。"

"没关系……学姐，你也受了好多苦啊。"

"为了能够心无旁贷地面对困难，我甚至没告诉朋友。只要有人知道了肯定会马上传开。因为我们家就住在附近，所以，干脆趁着学校里还没人知道赶紧申请退学，跟我妈一起搬到了她的老家。"

这就是她为什么突然失踪了的原因。

立花同学一脸歉意地苦笑着。"我偷偷地告诉了几个像小光这样马上打电话来问候我的人……哎，都怪我妈当时太神经质了。"

立花同学似乎很无奈。

"看她把我带回老家就能明白吧。她表面上说是这里环境好，又安静。但我知道，她多半是想把我藏起来。哎，可把我妈给累坏了。"

我发自内心地说了一句"……真不容易啊"。

这时门又开了。这次进来的是百目鬼老师。

"久美子，你没接电话吧，我收到你妈妈的信息了。"

"啊，抱歉。"

立花同学迅速地回答道。

"久美子？"

包括伊神同学在内，在场的所有人都用整齐的和音问道。

百目鬼老师为什么会叫她"久美子"呢？

我惊得嘴都合不起来，口水都滴了下来。百目鬼老师很害羞地挠了挠头，说："我们要结婚了。"

立花同学欢喜地接着说下去。

"没错。从这里开始才是最精彩的。我不是什么都没说就退学了吗？悟就非常担心我。"

"悟？"

这次的声音一点也不整齐。

"有点不好意思啊。"百目鬼老师坐在立花同学旁边说道，"我们也是在三天前才得到了批准。"

"看啊！"立花同学伸出手背让我们看。一枚银色的订婚戒指闪闪发光。

"立花突然退学，我很担心。我一个劲地向高岛追问，得知她回了母亲的老家。"

"哎？老师，我只告诉你她去了爱媛县啊。"

高岛学姐眼睛瞪得溜圆。

"这个嘛，我不止问了你，还问了很多人。就知道了她的行踪。"

这份执念，东同学根本望尘莫及。

"然后呢，悟真的很执着。"立花同学兴奋地接着说，"他开车从松山来找了我好几次。然后呢，从这里开始才有意思呢。他从车里见我在散步，就隔着水沟大声地呼唤我。"

我简直想象不出来，那副样子的百目鬼老师居然会做出这样的事。他会不会有个孪生兄弟啊。

"好棒啊……"秋野用羡慕的眼神望着立花同学。

"开始我也觉得不可思议。但真的不是梦。"

"别说了吧，好害羞啊。"

"这有什么。"

"喂，这些家伙是我的学生呢。我们以后还得天天见面呢。"

"哎呀。可是我都说出去了呀。"

立花同学依偎在百目鬼老师身边。他们不是在吵架，只是在秀恩爱。

然后她继续说："我就把情况都告诉他了。然后悟就问我能不能让他来照顾我，让我快乐。我真的好开心。"

"那个……"我盯着百目鬼老师，"你和立花同学之前就……"

"没有，不是那样的。"立花同学抢着回答了，"虽然我以前就喜欢他，但我们是老师和学生的关系，不能产生其他的关系。悟也不会对学生出手的。"

"真好啊……"秋野用非常憧憬的眼神望着两人。

立花同学也是幸福至极的表情。

"别看他平时冷淡，关键时刻还是暖男呢。"

"嗯，就是这么回事。"百目鬼老师也害羞得面红耳赤，"我们最近一直在两地之间奔波，不过近期要在附近找房子。所以社团活动那边有点儿顾不上了……抱歉啊，叶山。"

"不会，别这么说。"我这时也不好吐槽说您什么时候顾得上过。

"我还以为你是在忙自己的创作呢，不是说才告一段落吗？"

"啊。那边也是，前不久刚告一段落……"

"说起来，您这次没有像平时那样让我看啊。"百目鬼老师平时完成一幅画作都会让我观摩，再跟我进行讨论。

"这个嘛，是有原因的。现在给你看吧，我是觉得不好意思，不过久美子也说我该拿给大家看。"

"有什么不好的，那幅画很棒啊。"

百目鬼老师不知为什么又跟立花同学确认一遍："真的可以给大家看吗？"立花同学则催他快点快点。

百目鬼老师站起身来，托着一方画布回来了，对大家说："标题就先算了。"

大家一阵惊呼。百目鬼老师画的是立花同学站在晨曦中的样子。笔触柔和，色彩浅淡优雅。仿佛有光从画面中倾泻而出。我努力思索着有什么对印象派的褒扬之词适用于这样的画作，可是怎么都想不到合适的。最后只能坦诚地说了一句："太妙了。"

"哦，谢啦。"百目鬼老师不好意思地笑了。

"没想到你居然有这样的手艺。"

"好美啊……"

"是吧，我很漂亮吧？"

"漂亮，身材也特别好。"

"生病之后还是有点胖了，因为吃药有副作用。"

"哦……艺术耶。"阿三看看画，又看看立花同学说，"好厉害。"

"你别对照着看啊。"我插了一句，大家听后都笑了起来。

"立花，走吧。妈妈还等着我们呢……我把车开到玄关前面了。"百目鬼老师一边重新包起来画作，一边不经意地流露出丈夫的语调。

立花同学在离开的时候再次向大家致歉，温顺地鞠了一躬。反而让我们不太自在。

百目鬼老师又加上一句："叶山，谢谢你啊。"

"不用……啊？"

"其实啊……"百目鬼老师小声说，"多亏你告诉我吹奏乐部里发生的事，这才让我下定决心向立花坦白。在那之前我一直都提心吊胆的。"

百目鬼老师确实害羞，都不敢看我的反应就走了。随后立花同学也要走了，高岛学姐亲切地对她说："不过，立花学姐，你一切都好我就放心了。那时候我真的很担心你。"

立花同学莞尔一笑。

"嗯。小光最担心我了，给你添了不少麻烦吧。但我以后一定会健康幸福的。不过啊，我算是幸运的。遇到了百目鬼老师。"

伊神同学短暂沉默后，像是自言自语般说："你一直就很幸运。"接着终于露出了微笑。

总算可以松一口气了，我无力地做出总结。

"这一件……算是水落石出了。"

伊神同学也疲惫地叹了口气说："嗯，这件事算是解决了。"

可是马上又站了起来说："不对，还没完呢。壁男又是什么情况，而且我们这边也……"伊神回过身去喊了一声"东"。

说起来，刚才我们完全忘记了东同学。现在的他，半张着嘴，好像灵魂出窍一般，整个人恍恍惚惚地待在当场。

结果伊神同学又补了一刀："刚才说的话你可别忘了。"

东同学别开眼神，伊神可不管那么多。

"跟百目鬼老师比比就知道了吧。结果呢，你哪边都没上心。"

他又对秋野说："秋野，你留下吧？东好像有话要说。"

秋野听伊神同学这么说，有点紧张地看向东同学。东同学还是看着别的地方。

我们在伊神同学的催促下，离开了那间和室。阿三最后还是很在意他们的情况，不舍地回头观望。

伊神同学顺带把门关了起来。我们只能做这么多了。他们两位今后何去何从就跟我无关了。

下楼梯的时候，伊神同学歪着头嘀咕着："哎呀，立花要是早点告诉大家事情的经过，一切就都解决了。"

"不是说她妈妈不让说嘛。"

伊神颇为感慨地看向远方说道："她居然老老实实地跟着妈妈去了松山，说起来圆滑了很多呀。她以前可经常跟妈妈吵架的。"

这次换成高岛学姐回答："可能是变了吧。不过……"她的笑容中掺杂着一丝苦笑，看着伊神同学，"……我能明白。无论如何也不能违逆妈妈的心思。"

"那是因为小光你孝顺。"

"不是的，事已至此，如果再跟妈妈吵起来，那立花同学的病会越来越严重了，不离开现在的环境会更糟啊。"

"原来如此。"伊神用手指弹了一下自己的额头，"……是我思虑不周。其实在高岛学姐解释之前，我也不是很能理解。"

我们顺着台阶继续往下走，我突然想到一件事。

"伊神同学，你刚才问东同学的家里是不是传统和式的房间……那是什么意思啊？"

"嗯……我也是偶然想到的。东能想到那个手法，是不是因为他的身边就有那样的东西呢。"

"传统和式房间？"

"你看，你玩没玩过'必杀职业人'*的游戏？"

"那是什么？"

"看来是没玩过啊。有没有玩过把影子映纸门上的游戏？"

"啊……"

"总之呢，我推测他是从那里得到的灵感才想出了那个投影诡计。"

"原来是这样啊……"

聊着聊着，阿三不见了。我回头看，发现他正站在楼梯中间直愣愣地注视着和室的方向。

"阿三。"

"嗯……啊……"他依依不舍地挪动脚步。

"你要不留下来等她？"我如此向他建议说道。

阿三则是满脸困惑，仍不时地回头确认和室那边。

"可是，我能跟她说什么呢？"

---

* 必杀职业人，根据电影改编的解谜类游戏，主界面由武士和纸门，以及影子组成。——译者注

"什么都不用说也挺好的？只要你在等她。"

阿三还是有些犹豫，我决定推他一把。

"这可不像你啊。你不是说任何时候都是好机会吗，就算跪着爬也要向她靠拢。"

阿三转身往和室走去。

"没错……刚刚被甩的女生都会很失落，可能很容易被攻陷。"他握紧拳头说，"这可是好机会。"

留下阿三在和室门前等待，我们继续下楼。这时我突然想起有事忘了跟立花同学他们说。

我躲开堆在走廊里的破烂儿，一直跑到走廊尽头。打开窗户时，立花同学和百目鬼老师已经走到了主楼的阴影当中，马上就要看不见了。

"立花同学、百目鬼老师。"

两个人转过头来。我用最大的音量向他们祝贺。

"恭喜你们！"

"谢谢！"

立花同学使劲地挥着手冲我喊回来。伊神同学和高岛学姐把我推到一边，也冲他们挥起了手。

"学姐，恭喜呀！"

"你也要多多读书啊。我会挑些好书给你的。"

"随时欢迎。你也要努力准备考试啊。"立花同学应道。

云散天晴，红色的夕阳映照耀大地。整个世界好像都在祝福他们，好羡慕啊。

另一边的艺术楼已经被第二副楼的阴影吞噬，渐渐暗了下来。

首先，准备一根细到看不见，但又很结实的绳子。

准备一个假冒壁男的东西。尽可能轻一些，能装在小汽车里。伊神同学准备模造纸，我来画壁男的画。

把绳子绑在上面。然后将壁男的画放到戏剧部的库房里。

移动到隔壁的空房间。穿过窗户拿到绳子的一头。

把戏剧部库房的窗户关上。绳子就夹在窗户上。

然后，从窗户探出身去，用一根长棍把戏剧部库房的窗户打开——壁男出现！

然后拉绳子把东西收回来……

根本做不到啊。不知道挂在了窗框的什么地方，就算从窗户里探出身去也拉不出来。

伊神同学从隔壁的窗户探出脸说道。

"不行吗？"

"不行，肯定会挂上的。"

"知道了。可以了。"

伊神同学迅速退回了房间里。

戏剧部库房。伊神同学盯着我画的壁男边思索边说："这么看拉是不行的。不过我本来也觉得不太行得通。"

"是吗？那还让我画画，搞什么鬼啊。"

"不只是因为我们的操作问题。虽然当时天已经黑了，但小光和东还是能看见。所以长时间逗留在窗边的风险还是很大的，容易被发现。再加上很有可能会发出声音。从窗户探身出去，摇摇晃晃地操作，怎么想都不太现实吧。"

听他这么解释，那时候 CAI 教室的窗户也是开着的，我也不记得听到什么奇怪的声音。

"然后呢……"我期待着他接下来会说什么，但伊神同学却一声不吭了。

伊神同学把壁男的画卷起来交给我。

"来，这个给你拿着。"

虽说出自我之手，可这种东西我才不想要呢。

"我们先整理一下思路。"伊神同学把窗户关起来，转身面对着我说，"我们在对面的 CAI 教室看到这里有人影。而那个人影动了，还对我们招了招手，然后嗖的一下消失了。"

"是动了。"

"嗯。真是不可思议。"

伊神同学环视着这间屋子说道："我想了很多。这次不同于立花那一次，不只是个影子，而是能看到人的轮廓。房间里没有藏身之处，门也是从外面锁住的。也没人从窗户进出，就算有人能爬窗户……"

伊神走到窗边。打开窗户向下看。

"这里可是三楼啊。"

冷空气灌了进来。伊神同学嘴里嘀咕着"好冷啊"，可是却没有关上窗户。

"总之，我把能想到的可能性姑且分为了三类。"伊神竖起三根手指。

"第一。我们搞错了壁男出现的地方。壁男……或者说某个很像壁男的东西并不在这个房间里，我们把其他地方的壁男误认为是在这个房间里出现了。"

我试着回忆当时的情形。怎么看都是在这个房间吧。

“你的意思是……比如在隔壁房间什么的？”

“这类诡计在推理小说里用过，不过我感觉这一次不是。CAI 教室几乎就在这个房间对面，而且距离不过十米左右。我们四个人不可能同时看成是隔壁房间。我当时的第一印象就是‘蓝色房间’。”

“什么意思？”

“都是魔术的杰作呀。放上镜子，让人误以为放在其他地方的东西近在眼前……不过，这一点也不太可能。”伊神同学回头看着 CAI 教室，“这里与 CAI 教室之间根本没有可以放镜子的地方。CAI 教室的阳台实在太近了，很容易就会穿帮。”

“伊神同学，窗户当时是开着的对吧？”

“嗯……然后，第二……他确实是在这个房间出现的，可是不知用什么方法逃出去了。这条细分的话可以分为‘A 方案是人’和‘B 方案不是人’两种情况。”

“有可能是人吗？他可是没有头的啊。”

“那还不是小菜一碟嘛。”伊神同学找了一圈周围，翻出一个黑色垃圾袋，里面好像装着电线一类的小东西，“你把这个套上试试。”

“要套上吗？”

我套上这个满是尘土的袋子，伊神同学满意地说：“嗯，足够像了。”

“还真挺像的。”我摘下袋子说，“从黑暗中看就像没有头一样。”

“嗯。不过从旁边看会很傻。”伊神同学一本正经地说，“反正只要打扮成这个样子，站在那儿就可以了。不过只是这样还不够，天太黑的话就连人影都看不见了，所以我猜他在衣服里放了灯泡，或是聚光灯之类的，稍微借了一点光。然后只要迅速蹲下，可能看上去就像突然消失了。”

“冷静分析之后，这个诡计好丢脸啊。”

　　"不都是鬼屋里的那些机关玩意儿嘛……可是现在有一个问题。他是怎么从这个房间里脱身的呢？"

　　我四下张望整个房间。

　　"好像也没有暗道呀。"

　　"我已经查过一遍了。连能藏人的地方也没有。我还想过东西堆得这么满，那个人是不是藏在缝隙里了……不过好像也不太可能。开灯以后我很细致地调查过有没有人藏在里面。同样，现场也没有留下任何不自然的东西。"

　　我环抱着双臂。虽然没怎么看过推理小说，不过我还是决定要说出我想过的事。

　　"有没有可能在开灯前他一直藏在里面，然后趁着咱们去推电闸的时候逃跑了呢？这样就能解释为什么电闸会被拉下来了。"

　　"你的想法不错。但是……"伊神像是要窥探我的内心般盯着我的眼睛说，"想想前天的事吧。当时只有我一个人离开房间去推电闸。你和柳濑都留在了房间入口吧。"

　　"好像是这样啊。"

　　"除非嫌疑犯在你和柳濑中间'滋溜'一下挤过去。"

　　"太恶心了。"

　　"我后来很细致地检查了一遍房间。我觉得这个盔甲里好像有些古怪。"伊神同学咚咚地敲着一旁的盔甲。

　　"怎么可能，这里面什么都没有啊。"

　　"这么说的话……只要房间的门锁着，就不可能有人逃得出来。"从窗外吹进来了一阵风，我看着窗户突发奇想，会不会是从窗户出去的？

　　我透过窗户向外看。太阳已经落山了，街道已经被阴影所遮盖。对面

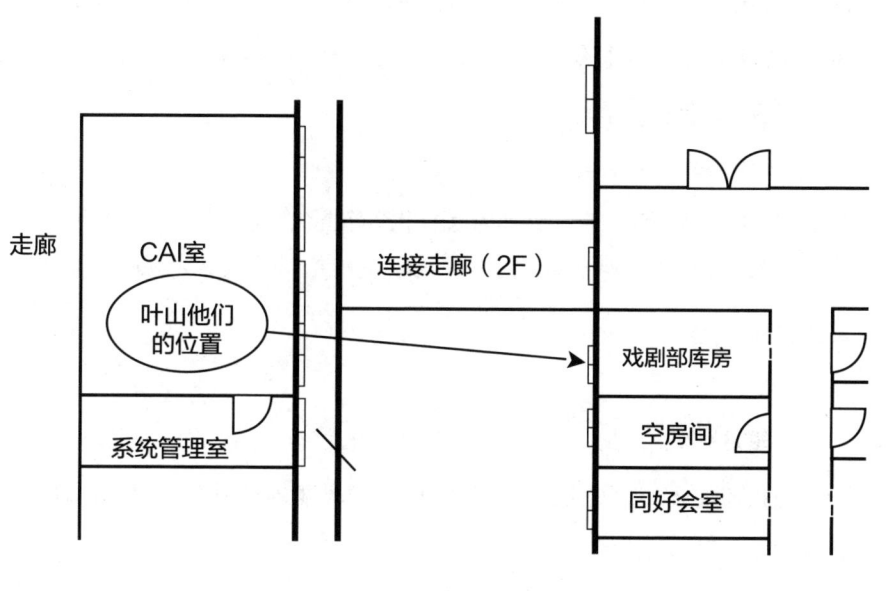

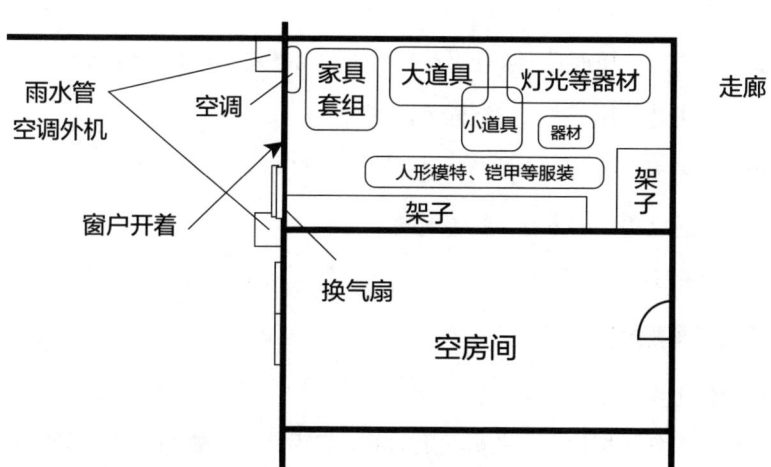

目击时状况

的第二副楼正沉默地压迫过来。我从窗户探出身子。窗户周围什么线索也没有。倒是有个连接走廊的雨水管道，可使劲伸手也够不着。

背后传来伊神同学的声音。

"你觉得能出得去吗？"

"好像不太行啊。手能够到的范围里没有能抓的地方。"

"嗯……"伊神同学啪地拍了一下我的背说，"你这个姿势哪行啊，爬到窗框上试试。"

"哎？"

"如果站在窗框上，说不定能够到什么呢。"

"我来做吗？"我回过头，发现伊神同学严肃地点了点头。他好像是认真的。

"你不是我的助手吗？"

我确实像个助手。

从窗户往下看，下面是混凝土。什么缓冲物都没有，一条直线直到地面。不会掉下去吧？掉下去可就糟糕了！

我用手扳着窗户内侧，全部精神都集中到那只手上，然后站上了屋子里面的窗框。总之先别向下看，缓缓地站了起来。

"把手伸出去试试看。"

"感觉好像要掉下去了。"

"不会掉下去的。"

这句话没有任何根据。留在窗框里的那只右手成了我的保险绳。我试着把左胳膊伸出去。指尖触碰到了雨水管。

"碰到了。但是没有可以踩的地方啊。"

"跳过去抓住的话就有可能逃出去。你跳过去试试。"

"我做不到。"我不是忍者，也不是成龙。

再加上那个雨水管，虽然有点儿看不清楚，不过上面好像满是锈斑。如果我跳过去，感觉一下子就会把它压垮。寒冷的风"嗖"地吹过来。瞬间我感觉好像失去了平衡，右手连忙发力抓紧。但那只右手好像不大对劲。随后身体猛地一哆嗦。

可是伊神同学还在发号施令。

"那能不能跳到连接走廊上？"

"不能。"在这样的地方怎么起跳啊？那种危险动作谁能做得到！"请允许我回去！"

"没办法啦。"

我跳回房间里。结果忘了地板上根本没有下脚的地方，直接跳到了堆在一起的方木材上扭了脚。

"好疼啊。"

"照这么看，确实很难做到。"我蹲在地上，脑后传来了伊神同学毫无怜悯的声音。

"这个真的做不到。使劲伸手倒是够得着，可是谁能那么灵便。"

"要是用类似威亚之类的东西倒是有可能逃出去，可是需要高于一般人的敏捷身手。而且那也太显眼了。就算再黑，一个人飞来跳去也很容易被发现吧。而且肯定会有噼里啪啦的声音。"

他说得倒是轻松。

"算了，反正我本来也觉得不太可能。"

那就别让我试验啊！

我慢慢站起身，万幸没有扭伤。

"看来从这扇窗户是逃不出去的。"

"不对，还是有可能逃出去的。跳下去的话……"

"那就死了。"

"如果事先在下面铺上什么东西，或是裹着什么东西跳下去，有没有可能呢。不过我想了想，好像还是不行。就算他能瞄准间隙跳下去，肯定会发出好大的声音。"

"最关键的是那也太危险了。如果造个密室需要从三楼跳下去，那还不如不弄呢。"

"嗯，也是啊。就算知道能有成功的可能，也没人愿意做。犯人又不是什么鸟天狗。"

又吹进来了一股风。伊神同学冷得缩一下脖子，可是仍然没有关窗户的意思。我也觉得冷得不得了。

"如果从窗户逃不出去，那么Ａ方案就出局了。那就是Ｂ方案的情况，我们看见的东西不是人。"

"这说法可真吓人。"

"关键的问题在于他动了。这表示那不是人偶或剪纸画之类的东西。"

我也转头看了一圈。想找找有没有什么能从窗户那边收回来又不会留下痕迹的东西。而且当时我目击到的他，动作非常自然。

"这样太难了吧……难道是用干冰做的人偶吗？"

"那怎么操纵呢？"

"也对啊。"

伊神同学的视线一直紧紧盯着正前方不动。他一动不动的，我甚至担心他会不会忘了呼吸。

"从窗户把什么东西拉进来也不可能。想要别人看不见也听不见的话……"

"要是把定时炸弹安在机器人上，再把它引爆呢？"

"你是认真的吗？"

"对不起。"

我们这样一唱一和的聊天期间，伊神同学完全没有动过。嘴部也没有什么变化，只有视线会有细微的闪烁。

这时有人来敲门，是柳濑同学。

"叶山，戏剧部的人要走了，你们打算待到什么时候？"

"啊，抱歉。"我看着伊神同学，但不知道他到底听没听见。

"伊神同学。"

"嗯？"

"伊神同学，咱们出去吧。"

"嗯……"

他就像画里的人物一样含糊地回答。随后我们留下伊神同学来到了走廊。

"伊神同学怎么了？一副肚子疼的表情。"

原来如此，还有人会这么想啊。

"没有，他是在研究前天那个……壁男消失的诡计……"我转过头去看伊神同学叫道，"伊神同……学……"

"嗯……"看来还是不行啊。

我还在琢磨的时候，只见他突然蹲到地板上，好像捡起了什么东西。"哎呀，这个是……"

"怎么了？"他的行为怎么看都是十足的怪人。

伊神同学一边把捡到的东西扔给我，一边说："居然有这个东西耶。"

我接住的好像是什么昆虫的脚。

"这是什么？"

"是蟑螂的脚啊。"

"啊！"我慌忙扔出去，"你捡这玩意儿干吗？捡起来也就算了，你别扔给我啊。"

"嗯……我觉得这东西好像有问题。"

"啥？"我赶紧去找刚才扔掉的腿。

"我给扔哪儿了？"

可是伊神同学已经回到了自己的世界，喊他也没有反应。我好后悔，刚才趁他还在我们这个世界的时候把他带出来就好了。

柳濑同学盯着伊神同学的样子觉得很有趣。

"一动不动啊，我们在他的身上画画怎么样？"

"那也太惨了。"

话是这么说，其实我真想画。

最后我们花了十五分钟的时间，生拉硬拽才把他给拖了出来。伊神同学来到走廊后，依然像雕像一样动也不动，就像罗丹的作品……虽然没那么厚重，但是有一种莫名的哀愁与孤独感。还是说更像贾科梅蒂*？

我无所事事，只好在伊神同学身边游走。当然我也想了很多，可还是解不开谜团。这时候刚刚跑回社团活动室的柳濑同学又来了。

"哎呀，他还是一动没动啊。"

我四下看看，走廊里已经没人了，变得静谧起来。

"叶山，这个'木偶'怎么办？"

"怎么办呢？也不能把他丢在楼道里回去吧。伊神同学没有艺术楼的

---

* 阿尔贝托·贾科梅蒂，瑞士超存在主义雕塑大师，画家。——译者注

钥匙。"

柳濑同学依靠着我身旁的墙。

"这个定格动画绝了。希望他能加入我们戏剧部啊。"

"他要是一直这样下去都能变成艺术品了。我想带到威尼斯双年展上去参展呢。"

我们正在随口胡诌的时候，突然伊神同学尖声喊道："柳濑！"

"哇！对不起，我不该这么说！"

"库房里有没有什么奇怪的地方？其他部员没跟你说什么吗？"

"没有啊。"

"嗯……叶山！"

"在！"

"从前天到今天，你有没有觉得有什么地方不对劲，什么都行。"

"这个……什么也……"我正要否认，突然想到一件事，"不，我要订正一下，有的。"

伊神同学一下扭过来脖子，死死地注视着我。可是他除了脖子以外，其他的地方一点儿都没动，看上去有点儿吓人。

"好可怕。"

"这个默剧表演简直太绝了……真想让我们的演员们都观摩一下。"柳濑同学都看入迷了。

"你觉得有什么不对劲？"

"那个，当时好像有股味道。"

"味道？"

"对不起。"我为什么要道歉？现在的伊神同学给人的感觉，就像只要我有一点儿差错就会被他大加申斥。

"什么样的味道？"

"这个，我也不知道……不过我好像从没闻到过……"

"这种事你倒是早点说啊。"

"对不起。"他好像还是那个大魔神啊。

"味道……有味道啊。嗯，那么……"

"那个，也可能是错觉。"我又提心吊胆地加上了一句，可是伊神同学好像根本没听见。

伊神同学最后只念叨着"就要连上了，只差一点点"，就继续思考下去了。现在已经入夜，气温降了下来，我和柳濑同学面面相觑。

"他的专注力可真强。"

"可是，咱们该怎么办呢？不是，这件事跟你倒是没什么关系。"

"你还不回去吗？我们在这里等也没用，不如把钥匙给他。"

"嗯……"我正在想着要不要这么办，伊神同学发话了。

"叶山，你可以回去了。"

"那，我把钥匙给你。"我说话的时候，他又不回应了。

算了，我也帮不上忙，而且我现在又饿又冷。那个爱操心的老妈说不定已经开始担心我了，差不多也该回家了。虽然想了这么多，最后我还是改变了主意，蹲在伊神同学旁边。

柳濑同学好奇地问我。

"你不回去了？"

"我还是留下吧。柳濑同学你先走吧。"

伊神同学瞥了我一眼，我无声地点点头。

"回去吧。"伊神这样劝我说道。

"不，我要留下。"我苦笑着对伊神同学说，"谁让我是你的助手呢。"

可是伊神同学却说："不，你在这里我集中不了精神。"

我回去了。

我一言不发地噘着嘴，柳濑同学跟着我，肩膀一抖一抖的毫不避讳地"咯咯咯咯咯咯咯"笑了起来。

"你好不容易才下的决心。"

我皱起眉头回了一句："他就是这样的人。"

回家以后，壁男之谜也没有从我脑海中离开，我躺在自己房间的床上仍一直在想。

那个壁男动了。既然他动了，那是不是人假扮的呢？可是怎么也说不通啊。他是怎么从三楼的窗户逃出去的呢？既要保证安全，又要保持安静。这绝对是不可能的。那到底是什么呢？比如说是什么影像之类的东西？一时间我脑海中全是这个假设。对呀，会动的，不只有生物和机器人，影像也可以啊……有这种可能的。

可是……那屋子里只有墙，不是镜像。应该也无法把显示器放在房间里。因为没有办法回收啊。会不会是投影仪？只需要在其他地方操作投影就行了。可是屏幕问题怎么解决。不过无论哪种方法，都要从房间里把东西收回来。

这个谜团始终盘踞着我的大脑，吃饭期间、洗澡期间，我都一语不发。妈妈和妹妹好像跟我说了什么，但我都不记得是怎么回答的了。看了下表，不知不觉已经到了晚上十点左右。

不行不行，居然不知不觉到了这个时间。我到底在做什么？这样我不就变得跟伊神同学没什么两样了。

我突然想起来，难道伊神同学还在那里一动不动地思考？

虽然觉得不至于此，但以伊神同学的风格也不好说啊。所以我试着发了信息给他。等了大概三十分钟也不见回音。没办法，我只好拨了电话过去。

可是，铃响了十几二十回都没有人接。等了一会儿我又拨过去，然后依然是一片忙音。

这么说，他可能真的还在学校呢。会不会晕倒了？我很想确认一下，可是天已经这么晚了，不方便给伊神同学家里打电话。

窗外一片的黑暗……哎，要是他还在艺术楼里会不会冻死啊？他可是要考大学的，因为这件事把身体搞坏了可就完了。

"哎呀，可恶，没办法了。"

我穿上外套走了出去。伊神同学肯定还在艺术楼，我的直觉告诉我一定是这样的。骑车去学校的话，单程要二十三分钟。就算白跑一趟我也认了。就当是晚上散步了。

"你去哪？"刚走到玄关的时候被妹妹发现了。

"学校，可能会晚点儿回来。"

"干什么去呀？"

我想了一下答道："去散步。"

我预感到这场散步一定会不同寻常。

风停了，我拼命踩着自行车，只用了二十二分零几秒就到了校门口。现在的我身体相当燥热，大腿肌肉紧绷绷的。我停好车，越过正门，爬上市立坡。绕过主楼，我发现三楼走廊里亮着灯，文艺部的房间也亮着。我试着去拉玄关的门，没有上锁。

这个人可真行。难道他不会累，也不会饿吗？

我正要迈进玄关，又站住了。想了一下，往学校后身的便利店走去。

"诶，还没回去吗？"

果然还在。

"我之前已经回去了。怎么看我穿的都是便装吧。已经十一点了，你怎么还在啊？"

"嗯……哎，我正想要找你呢。"

"啊？"在十一点的时候找我吗？

我叹了一口气，把便利店的袋子给他。

"你还什么都没吃吧。小心饿晕了你。"

"哦……说起来从刚才我就一直能听见咕噜咕噜的奇怪声音。"

"那是你肚子里的馋虫吧。"

我取出便当和茶，伊神同学笑着接过去说："蛮细心的嘛。"

伊神同学默默地嚼着便当，咕嘟咕嘟地把热茶吞下肚。"好烫。哦，这是热的呀。"好像喝下去之后才发现。

便当吃光后又喝了口茶。伊神同学一副心满意足的样子，呼地长长吐了一口气，然后冷不防地说道："我解开了。"

这句台词是我期待已久的，他却这么轻易就说出来了，着实有点扫兴。

"解开了吗？"

"不过，还只是理论层面。需要实地去证实一下。所以叶山……"

伊神同学站起身来活动几下脖子，走廊里响起了咯嘣咯嘣的声音。

"去把柳濑叫来。"

"诶？"

"我们得打开戏剧部的库房啊。"伊神同学又嘎吱嘎吱地活动活动手指说，"还是用钥匙打开比较好吧。"

那个房间的锁可是能锁住大猩猩的类型，不过看起来也难不倒伊神同学。我愣住了，如果这样的话，嫌疑犯会不会就是这家伙。

"可是伊神同学，现在已经是这个时间了。"

"时间？"伊神同学一脸纳闷，"现在几点了？"

我知道他绝不是在装傻。只是像他说的忘记了时间。

"已经过十一点了，这个时间不能把人叫来啊。"

"没问题，你去叫的话她一定会来的。"

"问题不在这里。"

"好啦，那我给她打电话。"伊神同学从外套的内兜里掏出手机，快速拨好柳濑同学的号码。记忆力也太好了吧，他应该没怎么联系过柳濑同学，可是却能背下她的电话号码，不过我不明白他为什么不把号码记在通讯录里呢。柳濑同学很快就接了。

"喂，我是叶山。"

"你胡说什么啊？"我赶紧插了一句，只听电话那边笑了起来。柳濑同学大晚上的还是这么精神。

伊神同学基本只把要说的情况说了一遍就迅速挂断了。

"她说马上过来。"

"那我去接她。"

我正要走向楼梯，伊神同学抓住我的后脖颈说："不用，叶山，你还有别的任务。"

"是什么啊？"

"要用到这片走廊做测试。"伊神同学抬起下巴示意南侧的走廊，"我需要稍微大一点的空间。所以必须把那些破烂儿收拾一下。"

"啥？"我打量了一下走廊。自制的伴奏席，松树的布景，不知道做什么用的迷之木框，里面放着内容物不明的纸箱。这些乱七八糟的东西满身灰尘地稳稳占据着走廊的一席之地，那架势像在夸耀着消防法又能奈我何。

　　"要收拾这些吗？收拾多少？"

　　"全部。"

　　我再一次环视走廊。

　　"全部……都要吗？"

　　挂完电话也就不到五六分钟，柳濑同学就到了。于是我们专心致志地把那些破烂儿清理干净。走廊里已经没有空间了，所以我们打开画室的门，把东西运到里面，发号施令的那位伊神同学却把自己关在戏剧部的库房里不肯出来。虽然是份苦差事，但柳濑同学一点也不介意，依旧笑脸盈盈地帮忙，只是不知道她一个人歪着头在嘀咕着什么。

　　"Theatre tops 的成人计划 *，拉面团，还有 TEAMNACS 的东京公演也可以。还有东京都现代美术馆和迪士尼乐园，要是在那里答应交往也不赖，吼吼吼吼吼吼。"

　　我和柳濑同学忙得一头大汗，满身尘埃，终于让南侧的走廊恢复了它的本来面目，这时伊神同学抱着一个纸箱从库房里走了出来。

　　"哎，伊神同学，那是……"

　　"我想这个应该用得上。总之试试看吧。其实本该让这个东西出现在戏剧部的库房，然后从 CAI 教室看过来，但现在很明显做不到。不过，壁男的试验在走廊里算是取得了成功。不过想要再现前天的状况还需要相应的练习。"伊神同学如是说道。

---

* Theatre tops的成人计划，拉面团，TEAMNACS都是过去的公演。慎重起见，特此说明。——译者注

"告诉小光他们吧。"

不出所料，他果然这么说了。

"那个，现在日期都已经变了。明天再说也……"

我在心里吐槽他还真说得出口，总之试着阻止他一下。不过当然是徒劳的。

"明天的话，岂不是要等到明天晚上。能早一天是一天啊。"

"他们都已经睡了吧。"

"如果真的睡了，咱们再约明天。"

伊神同学只知道我一个人的邮箱地址，因此只能是我和柳濑分头行动发信息让大家过来，居然所有人都回了，一小时后大家聚集在了艺术楼。秋野好像已经睡了，现在还在揉眼睛，高岛学姐说她是偷偷从窗户里跳出来的。

伊神同学庄严地宣布——

"谜团已经解开了。"

三楼的走廊关了灯，我竖起耳朵仔细听着。刚才我发出信号告诉伊神同学、东同学、柳濑同学，还有秋野、高岛学姐和阿三，这边已经准备好了，大家好像还都在下面等着呢。

"要让我们等到什么时候啊？这么晚了还把大家叫出来。"

东同学替大家说出了心里话。伊神同学倒是很放松地回复了他。

"有什么不好的，这个案件你不也参与了吗？"

秋野和柳濑同学也在场呢，伊神同学居然这么平静地说了出来。

这时，柳濑同学主动插话进来。

"刚才在信息里已经说了，伊神同学解开了壁男的谜团。也就是说，前天……嗯？已经是大前天了吧？那个现身的壁男其实是诡计……现在已经知道有人在捣鬼。啊，咱们中有人没看到壁男，总之也一起看看吧。"

原来如此，声音非常响亮。

"总结得很好。"

这次是伊神同学的声音。

"CAI教室现在进不去，想要完全还原大前天的情况是不可能的，我们姑且实际演习一次，让大家了解一下那个诡计。好了，跟我来吧。"

大家跟在伊神同学身后，啪嗒啪嗒响起一阵脚步声。

来了。我拿着遥控器，藏在画室前那堆破烂儿的阴影中。反正演出进行的时候，最好不让任何人发现我。我屏住了呼吸，曾经闻到的那股味道隐隐传来。

听脚步声他们上来了。伊神同学的声音响起来："三楼现在关着灯。壁男会在南侧走廊的尽头出现。"

脚步声到了三楼。没人发现我，大家都往南侧走去。我从他们背后操纵着遥控器。

只见伊神同学挥着手的影像浮现出来，大家哗然一片。我再次操纵遥控器，他的影像消失了。

"喂！喂！"东同学一直走到走廊最里面，"这边什么也没有啊。骗人的吧？"

"不是骗人的。只是个小小的诡计。"伊神同学打开了走廊的灯。

在荧光灯的照射下，所有的情况全都一目了然。走廊中间有一个盖着黑布的投影仪。然后在走廊尽头有一个造烟机，让那边充满了焚好的烟。

"叶山，可以出来了。"伊神同学叫我。

其实在他叫我之前我就已经出来了。我担心像阿三那样被大家遗忘在这里。

大家回过头来。然后，伊神同学站在大家身后做出解说。

"刚才操纵投影仪，以及在走廊里放满烟的都是叶山。"

还把走廊里的破烂都收拾干净了，不过也不重要了。

伊神同学让大家转回视线看着他，继续讲解：

"我们之前看到的壁男是投影仪放映的影像。所以既有颜色又会动。那是犯人自导自演拍的影像吧。在漆黑一片的空间里披上黑色的垃圾袋，再淋上血浆后扮演的。后来他用投影仪把那个影像投射到戏剧部的库房里。至于投影仪嘛，没有放在艺术楼，而是安在了第二副楼的阳台上。如果放在 CAI 教室前面不放心的话，也可以在隔壁的系统管理室进行投射。窗户会开着也是这个原因。因为如果把窗户关起来的话，影像映到玻璃窗上就会出现重影。那样的话就不像在房间里了。"

伊神同学扫视了大家一圈，像讲课一样接着说道：

"不过，现在问题来了。投影仪把影像投射到什么东西上了呢？库房的门是关起来的。窗户虽然开着，但小光他们一直在监视，CAI 教室的窗户也是开着的。想不让人看见又不发出声音，拿进去再拿出来什么是做不到的。如果在房间里放置平时用的那种屏幕，就无法从窗户把它收回来。所以犯人用了造烟机的烟来代替屏幕。"

没错。我之前进房间时闻到的气味就是烟留下的味道。

"在烟上……投影？"

伊神同学笑着回答了高野学姐的疑问：

"我从登山部的朋友那里听说过一种现象，叫作峨眉宝光[*]，说是'魔

---

[*] 峨眉宝光，四川峨眉山出现的神奇"佛光"现象。——译者注

女之夜'大家可能更好理解吧。"

这样更听不懂了。柳濑同学却"啊"了一声，点了点头。

"主要原理就是光线从物体背面照射过来，在雾气中就会映射出自己的影像。那时我才发觉。原来屏幕并不一定非得是固体。烟雾和固体的屏幕不一样，可以不发出声音就从窗户飘散出去，在黑暗中也几乎看不到……刚才各位已经体验过了。有谁发现走廊的尽头有烟吗？"

大家你看看我，我看看你。

这时东同学开口了：

"可是如果窗户打开了，那烟不马上就散了吗？真的能成功吗？"

"应该是可以的。"伊神同学指着走廊尽头，那里的窗户也是开着的，"这栋楼几乎不通风。如果不在入口或出口的位置，基本上是没有风的。如果只打开库房的窗户，再加上那天本来就没风，空气基本都不会流动……刚才我的影像周围应该能看出有一点儿摇晃，可大家都没有发现吧？

"如果冷静下来仔细观察，就能看到影像周围有烟雾缭绕。那个犯人之所以很快就关上了影像，可能就有这方面的原因。

"大概就是这么个情况吧。首先嫌疑犯藏在隔壁的空房间里。然后在窗户关闭的状态下打开造烟机，把戏剧部的库房里面放满烟。只要在造烟机上接上一根软管，从换气扇里插进去就可以。等时间到了，他再从窗户探身出去，打开库房的窗户。因为库房的窗户没上锁，只要拿一把痒痒挠就可以拉开……这些操作只需在我们把注意力放在艺术楼之前完成，从换气扇里把软管拔出来，用痒痒挠把窗户打开，在黑暗中也不会有人发觉。然后他给 CAI 教室的东发信号，让他配合演出。那时东说他'听到了脚步声'，把大家的注意力都引到了艺术楼之后，犯人就用遥控打开了投影仪。"

秋野看着东同学。伊神同学不经意间暴露了东同学的共犯身份，他尴尬地别开了视线。

"让我们看到影像后,他就把投影仪关上,这就是壁男出现的原理。手电筒打不开也是因为这个,如果马上打开手电筒照过去的话,很可能会看到烟。所以他指示东要带一个打不开的手电筒。"

"那个,伊神同学。"

阿三举起手开口了。

"嗯?"

"到目前都没什么问题,可是之后怎么排风呢?在舞台上使用的时候,造烟机也有这个问题。"

伊神同学点点头说:"嗯。这的确是个问题。但其实当时艺术楼的玄关是从里面关上的,三楼的电闸也被拉下来了,直到库房的灯亮起来之前有很长的时间。即便如此排风也来不及了,就像刚才看到的那样。"

伊神同学回头看了一眼走廊深处。那里的烟已经稀薄很多,但还是有很多残留下来,肉眼就能发现。伊神同学不客气地走过去,把库房的门打开,又开了灯。

"可是,这个房间有空调啊。奇怪的是文艺部的活动室里并没有装,不过这不是重点。如果把空调风力开到最大,让房间里的空气循环起来的话……"伊神同学操控着手里的遥控器,空调里有风吹了出来,伊神同学的刘海儿都被风吹了起来。

"好冷啊。总之靠这个就可以在短时间内把风排出去。"伊神同学像是很冷的样子搓了搓手臂。关上空调不就得了。"嫌疑犯把壁男的影像关掉后马上打开了空调开关,然后等着我们。听到我们的脚步声后……"他不知道为什么看向了我。

好像是接下来要我来说。

"把开关给关了？"

"没有。"被否定了。"恐怕他把外面的电闸给拉下来了。那么做更容易藏身，而且库房里的灯也要更晚一些才能打开。"

你想自己说就别看我啊。

"电闸开关一落下，房间里所有的电器用品就都停止工作了。"

伊神走出库房，拉下了走廊里的电闸。吧嗒一声，周围就被黑暗和静寂淹没了。

"接下来只要等着我们打开电闸就可以了。电闸打开以后，电灯就会像之前一样亮起来，可是……"伊神同学把电闸推上去，库房又亮了起来，刚刚通电的走廊灯也闪烁起来，但房间里的空调却关上了送风口。"……空调却停了，因为所有设置都重置了。"

东同学非常佩服的样子。

"这回我可明白了。"

"嗯。我碰巧发现了一个很关键的提示。"伊神同学的音量稍微降了一些，可能说得太多太累了，"我一直有个疑问，那天为什么壁男过了九点才出现呢？要是我们等不及回去了怎么办。"

我接着他说出了理由。

"是因为下雪了吗？"

"对。投影仪射出的光线本身在空气中是看不见的。但是如果光线通过的路径上有障碍物，那束光线就会被反射出去，而被发现。如果在下雪期间打开投影仪，那中间就会有雪花，再加上……"伊神同学在胸兜里摸了摸，"……我还找到了这个。"

伊神同学从胸兜里掏出一个东西，扔给了东同学。

"什么东西？"

"蟑螂的腿。"

"啊？"东同学边把蟑螂腿扔出去边说，"脏死了。"

"……你又捡回去了啊？"

"不是，那儿还有一根。"他好像又捡起来了。

我差点被他吓呆了。

"请不要把它放到胸兜里呀。"

"嗯，哎呀，别管这个了。"伊神同学绕开我的话继续说着，"那条腿就掉在房间的角落里。这刚好是开过空调的证据。"

"证据吗？你的意思是……"

伊神同学依然保持着之前的节奏。看来这个人是不会出现说累了的情况。

"刚才东扔出去的那条腿，没有干燥，还有水分。"

"好恶心。"东同学皱起眉头，我也觉得想吐。

"也就是说，那个尸体是新的，掉在了地板上。不过为什么只有腿呢？"伊神再次将目光对准了我，"也就是说……"

"嗯？"

我不知该如何作答，旁边的柳濑同学替我接下了话茬。

"那个蟑……它之前就在空调里吧？"

"回答正确。"伊神同学高兴地露出微笑，然后做出双手合十的动作，"这个房间一直都是库房，空调很久没用过了。所以它们很安心地睡在空调里，没想到空调突然运作起来，被稳向板给卷了进去。节哀顺变。"

他又回过头看着库房。

"库房的地板上还有其他的腿和翅膀之类的散落在那里。其他部分应该是卷进空调里了吧，这就是空调最近被使用过的证据。"

柳濑同学笑了起来，说道："太好了，这回要大扫除了。"

我不禁又想吐槽她这是主要问题吗？

伊神同学愉快地继续说道。

"总之，嫌疑犯觉得艺术楼的肮脏正好可以拿来复仇。"

不只从哪儿传来一声叹息。接着，高岛学姐发出疲惫的声音："原来是假的啊。我们看到的也是，三野看到的也是。"

伊神同学立刻做出否定："不，三野见到的可不是诡计。这个诡计只适用于这个房间。在 CAI 教室是做不到的。"

"诶？"大家的目光都转向阿三。

"……对吧？三野。"

伊神同学向三野确认。

阿三没动。

"是三野……吗？"东同学嘀咕着。

伊神同学代替纹丝不动的三野继续解说："最初目击到壁男的是三野。可是他撒谎了。立花闹鬼的诡计被戳穿以后，三野赶忙又搞出一个新的目击故事。为什么壁男会出现在第二副楼那边正是因此。"

是阿三吗？伊神同学似乎相当笃定。

"如果不这么考虑，一切就都说不通了。三野在那个时间，那个地点看到了壁男，实在是太过巧合。他跟我们不一样，不是顺其自然地就看见了……如果是这样，那么三野看到的壁男就不是有人刻意安排的。要是没人使用诡计，那就只能是有人撒谎了。"

这一点早就该想到了才对。

现在想想，壁男出现的时候，只有在柳濑身边的人才能把她叫过来。这个人必须知道她把艺术楼的钥匙和库房的钥匙放在一起，知道我的邮箱地址，而且知道只要以我的名义就能约她出来，另外还知道她会一直等我。但是阿三的演技实在太逼真了吧，我都没有想过会是他。

伊神同学也说："三野，你演得太好了。你很适合做幕后工作，不过你做演员的才能也不容小觑。"

柳濑同学小声说了句"用得上"，这句没能逃过我的耳朵。

阿三挠了挠脑袋。

"能被伊神同学夸奖，我还挺开心。"

"我只是在陈述事实。"

可是，我本来以为阿三会老老实实招供，没想到他突然口气一变，说道："可是啊……伊神同学……"他向伊神同学投去挑战的目光，"你能拿出证据吗？我说的不是推测案件的证据，而是证明我就是嫌疑犯的证据！"

"哎呀，我就知道你会这么说。"

伊神同学露出笑脸。

"嗯，怎么回事呢？"

阿三换上了戏剧腔，摊开两只手。

"逻辑上确实说得通。可是你刚才的话不过是自己的想象。我本人……"这时阿三的胸兜里传出嘹亮的号角声，好像是放在口袋里的手机收到信息了。戏被打断了，阿三装出要向前跌倒的样子。

"烦死了，正是关键时刻呢。"

"笨蛋。"

柳濑突然冒出这么一句。大家都转过身去看着她。柳濑掏出了手机。"yhayama0429@＊＊＊＊.ne.jp。你忘了把邮箱改回你自己的了吧？"

阿三看着自己的手机，又看向柳濑同学，突然爆笑出来。我和柳濑同学也笑了。柳濑同学证明了伊神同学的推理，所有人都笑了。

阿三笑了一阵，突然严肃起来，脸上露出一丝寂寞。

"看来只能瞒到这儿了。"然后他环视着大家，视线停在了高岛学姐身上，"……对不起。嫌疑犯就是我。壁男的谣言也是我传出去的。"

"嗯，坦坦荡荡的承认了多好。"伊神同学笑起来，"你编造了壁男的谣言。可是不知道谁又添上了立花的谣言。你也没想到吧。壁男的部分还好，但立花那部分是谎言，要是传开了，壁男的事也会变得没有可信度了。你无论如何都想要确保壁男传言的可信度。"

阿三不好意思底搔了搔头继续做出补充："听高岛学姐说她要留下的时候我可愁坏了。不过多亏了东设下的那个圈套，让这个谣言的流传度更高了。"

我想起来了。

"传出去的不就是你吗？那歪曲事实也是故意的行为？"

"嗯……算是吧。第二天我散播谣言的时候，如果不说我本人进去了有点麻烦……抱歉，叶山。"

"没什么，这倒是无所谓。"

阿三说的没错。如果讲述怪谈的人不是当事者，那么听众们就会跑来问我这个当事者更详细的事吧。而我本来就半信半疑。所以讲的时候也会如实加上一句"我可不确定那是不是真的幽灵，也有可能是有人在搞恶作剧"。如此一来，谣言就起不到最佳效果了。

"进了库房的小偷就是你。这么说你早就开始布局了吗？"

阿三听到伊神这么说，诚实地点点头。

"嗯，没错……为了让影像恰好出现在设计好的舞台上，另外排风的时间也要多练习几次。"

这么说，他当小偷的真正目的是拿造烟机。

阿三又对东同学鞠了个躬说："对不起。我威胁了你。"可是马上又加上了一句："不过你也是罪有应得。"

高岛学姐像是刚刚反应过来。

"那么，发现东的恶作剧，然后又威胁他的人是三野？"

"跟大家告别以后，我又回到了艺术楼。因为我知道这里面一定有什么诡计。"

"好厉害啊。"

我如实地赞叹他。

阿三揉了揉鼻子。"这个嘛，因为我在戏剧部是负责幕后工作的。看一眼就知道那光是荧光灯还是聚光灯。"

"了不起啊。"柳濑同学拍了拍阿三的肩膀。

高岛学姐喊了阿三一声，走近一步。

"你为什么要制造那个谣言？"

阿三的表情一下子严肃起来。

他沉默了一阵子，然后缓缓地高岛学姐鞠躬致歉。

"对不起。我不想说，请你们不要逼我……其实我不说也无所谓吧？不知道也没什么影响。"

高岛学姐似乎不知该说什么才好。

"……呃，没问题倒是没问题。"

看阿三现在的表情就知道，这不是单纯的恶作剧。难道说，这也是演出来的？

可是伊神同学不可能放过他。

"我想知道。"

阿三略有些不满，语带责备之意地回道："伊神同学，事情已经解决了，你就不能到此为止吗？"

伊神同学没有退缩。

"我解开的谜团，我认为我有知情的权利。而且按目前的情况，我不知该怎么向吹奏乐部说明。"

阿三不说话了，他偷偷瞟了伊神同学一眼，又转移了视线。

在阿三开口前，伊神同学率先说了起来："我能想到的原因是这里有个你不想让别人看到的地方。所以你才散播恐怖的谣言，让人们都远离这里……你是不是偷偷在礼堂里养了猫？我劝你还是别养了，那些家伙的臭味怎么也散不去。"

他说的是捉弄过我的那只小猫吧。

"伊神同学，你养过吧？"

"嗯，不过那只猫给我朋友带走了。不用担心。"

伊神同学又把视线转回阿三身上。

"但是，我还是不明白。如果是这样的话，你就该把壁男出场的地方设置在固定场所才对啊。可你却说壁男会在整个艺术楼里徘徊。你到底不想让大家看到什么？"

阿三还是一言不发。可是他的眼神一直在闪烁，眼睛也转个不停。

漫长的沉默后，阿三抬起了头。

"现在，艺术楼里除了我们，还有一个人。"

"什么？！"大家异口同声地喊了出来。只有伊神同学又加上一句："你养的是个人？你是大江健三郎*吗？"

---

* 大江健三郎，日本著名作家，诺贝尔文学奖获得者。——译者注

"我没有养他，只是借他个地方睡觉。"

阿三痛苦地说道。

"你的意思是他是个流浪汉？"

柳濑同学问道，阿三默默点点头。

"那个人在哪呢？"

秋野有点不安地询问。

"哎呀，他不是什么坏人，只是现在天气这么冷，他冻感冒了，实在是很可怜……"

我不知道该说些什么才好。

但是伊神同学开了口："原来如此啊。也就是说，你希望吹奏乐部的人能离那个人的房间远一点，对吧？"

"总不能让他整个白天都躲在艺术楼里不出门啊。早上门一开，他马上出去就可以。因为门锁都是在固定的时间打开，而且我们也知道开门后暂时不会有人进来。可是这样的话到了晚上他就进不来了。钥匙都在老师手里，而吹奏乐部的人一直会在里面练习，直到锁门。"

阿三就像是在说自己的事。看来他编造壁男的谣言是为了逼退吹奏乐部。如果不能让经常在一楼和二楼随意走动的吹奏乐部成员们早点回家，或者让他们别在艺术楼里到处乱晃，想要进出的确很困难。

"原来是为了这个呀。"伊神同学叹了口气说，"可是，喂，三野。你好像进行得不太顺利吧？"

听了伊神同学的话，三野挠了挠头说："是啊，这个谣言并没能把吹奏乐部一扫而空。有人并不怎么害怕。"

"你还有一个计算失误的地方，我本来不想说的……"

胡说，我心里默默想着，不过嘴上没说。

"你最大的误算就是让壁男真的出现了。"

伊神同学的话我没听明白，于是问他什么意思。

"我的意思是要想让人害怕，就该始终维持'怪谈'的状态。三野却让壁男出现在了现实世界，也就是把'怪谈'变成了'灵异现象'。"

也许伊神同学觉得他已经解释很清楚了，但我反而更混乱了。

"有什么不一样吗？"

"怪谈的真伪是既定的。说白了就是假的。但怪谈的性质就是这样。'明知不可能，但如果是真的要怎么'这种恐惧才是怪谈的精髓啊。"

"是精髓吗？"

"可是当它变成灵异现象之后，真伪就说不清道不明了。'我认为不是真的，但是也有可能是真的'这种乐趣是灵异现象的精髓。"

"真的是精髓吗？"

"从结果上看，怪谈只会把人推开。因为都知道是假的，再去调查怪谈的真伪也没什么意思。本来想要证明怪谈的真伪大都不可能。可是真假不明的灵异现象，就会让人不由得想要证实一下。也就是说，反而会引人上前。从本质上来讲，其实人人都是矢追纯一*。"

"这也说得太过了吧。"

我估计只有伊神同学，或是伊神同学的父亲会这样想。可是阿三"啊"的一声，沮丧地说："我好像有点儿明白了。"

"这都是你自寻烦恼，杞人忧天。"

伊神同学有些遗憾地说道。不过确实激起了这个人的好奇心。

"虽说是杞人忧天，不过你做得相当到位。"柳濑同学好像发了下呆，

---

* 矢追纯一，追逐UFO的人。——译者注

然后叹了口气说，"没想到三野能干出这么大胆的事。你藏起来的是个陌生人吧？"

"那又怎么样？"

"我明白了，其实三野也没做错啊。"

阿三看着大家说道，或者说是向大家倾诉："你们看今天多冷啊。这样冷的天气还要持续两个月呢。可是车站又关闭了，说要改造，把他给赶了出来。公园的长椅上也没法睡。那这些人要睡在哪里呢？他们没给任何人添麻烦啊。艺术楼本来就是空着的。反正只是在里面睡个觉，要多少地方就有多少地方。"他回过头瞧了一眼艺术楼，继续说道，"这栋楼本来就是浪费了市里的财政预算建起来的吧？那有效利用起来不是更好吗？把那些人从车站里赶出来的不就是市政府吗？"

"阿三……"

我不知说些什么好。阿三面对的沉重是我不得而知的。

阿三猛地向我们弯下了腰，说道："拜托。你们就当没看见好不好，楼里住个人不会影响到任何人的，叶山……"这次他看向了我，"拜托你把钥匙借给我。我配好之后马上还你。"

阿三说他过去老是被人欺负。现在看他那副努力的表情，我不知为什么突然想起这句话——那一定是真的。所以，阿三才会这样。

我没有动，也不知道该怎么回答他。阿三是错的吗？我有没有阻止他的理由？如果我拒绝了，那位流浪汉就要被赶到寒冷的夜空下了吗？要不要赶走他必须由我来决定吗？

按常理来说，我们不该让一个不知底细的外人住在学校。那么所谓的'常理'又有什么根据？所谓常理有那么重要吗？重要到要把一个无处安身的人赶出去？

阿三的眼神像是要将我穿透。我第一次见到阿三如此认真的样子，这让我不知如何是好。

不过，伊神同学却帮我拒绝了他。

"三野，这样可不行啊。还是让那个人出去吧。反正他的病也已经好了吧？"

"可是……"

"我明白你想帮他，你的行为从根本上讲或许是对的。可是艺术楼里可不止你一个人吧？你这样独断专行是不对的。"

"伊神同学，我们可没住在这儿啊。"

伊神同学对我的吐槽视而不见，他继续说了下去："做决定的是你一个人，但要是发生了什么，风险却要由别人来承担。这样可不行吧？"

阿三根本听不进去，他抗拒地摆出强硬态度。

"我不是在拜托伊神同学，而是在拜托叶山。"

"那就更不行了。"伊神的声音强硬起来，"你拜托叶山，这根本就是犯规吧？要是把钥匙借给你，叶山也成了共犯。要是让那个人住在这儿，出了问题怎么办？要是他说出你有同伴该怎么办？那样的话，这个责任叶山也要背上一半，可是你的责任却只剩下一半了。如果叶山拒绝了呢？今后叶山就要背负把那个人赶了出去的责任，而你却什么责任都不用承担。你做的就是这样的事。叶山跟我不一样，他很温柔，又懂人情世故。可你知道你这样做会给他带来多大的烦恼吗？如果你当他是朋友，就不能不替他考虑。"

伊神同学在替我说话，我实在太意外了，不由得惊呆了。

"……伊神同学，你怎么了？"

伊神同学瞟了我一眼，有点不好意思。

"可能是立花的影响。"

然后他拍了拍阿三的肩膀。"你已经很努力了。让我为难了三天……不是，我不是这个意思……至少你让那个人不至于死于肺炎啊，对吧？而且……"

伊神同学的口气缓和了下来。

"对方是大人吧？那个人可能没有那么柔弱，需要像你这样的孩子来保护他吧。"

伊神同学对着沮丧的阿三说道。

"就这样吧，过了今天，就让那个人走吧。不，是把他赶出去。"

这时候，楼梯上响起了一个声音。

"没这个必要。"

啪嗒啪嗒，有人穿着拖鞋走了下来。那人明显是个中年男子，穿着一套皱皱巴巴的西装。

"丰中先生……"阿三这样叫他。

我呆呆地望着那个男人，他就是幽灵的真面目，没错。而且他大概就是我前天，准确地说是大前天追逐的那串脚步声的源头。

丰中先生对我们深深鞠了一躬。

"给你们添了那么多麻烦，抱歉。你们找的就是我。"

伊神同学最先反应过来。

"看上去还挺健康。"

"是的。"丰中先生认真地答道，"多亏了他的帮忙，现在身体已经好多了。"

"很抱歉……"伊神刚一开口，就被丰中先生给打断了。"别这么说。我已经受到很好的照顾了，不能再麻烦你们了。"

"丰中先生……"阿三正想说什么，丰中先生弯下了腰。

"三野同学，很感谢你照顾我。我还是第一次遇到像你这么善良的人。"

"哎，没有没有。"

阿三揉了揉鼻子。

"您是哪里人？家人呢？"

伊神向丰中先生提出了问题。

"我家在东京。"说完，丰中先生低下了头，"家人……"

他低头沉默了一会儿。咬着嘴唇，握紧拳头说道："我欠了钱……所以逃了出来。"

"金额是多少？"伊神同学抱起了胳膊，"也许没有多到要逃跑呢。"

"这个，相当的多……是的，非常严重。"丰中先生终于抬起头，"你们大家知道消费者金融贷款吗？"

"这个我们暂时还用不到。"

伊神同学回答道。

丰中先生的视线左右徘徊了一阵子，然后呼地吐出一口气。

"看来还是跟你们说说比较好。"

等到大家的视线都集中在他身上后，丰中先生说了起来。

"如果要讲一个故事，第一页该从哪个场景开始呢？"

丰中先生在讲述的过程中，逐渐冷静下来，他的眼神很是严肃。原来他被一则"便利"的广告欺骗，变成了一个多重债务人员，然后骗子美其名曰要帮他把债务统一管理，可没想到却让债务像滚雪球一样越滚越大。所有财产全没了，再这样下去，连家人也会受到牵连。他已经没有选择的余地了，只能自杀来换取人寿保险。

"难道连我选择的地点都写在他们的剧本中了吗？我想还不至于……

当时已经被他们逼到这种程度了。"

可是丰中先生没有死。他留下了遗书，把车开进了湖里，可是在渐渐下沉的车里，他发现自己居然还系着安全带。丰中先生在下沉的车里笑了起来，决定要逃出去。虽然车已经被水淹没了，可是等水浸满车厢还需要一定的时间。丰中先生一直等到车厢里灌满水，与外面的水压一样了，才打开车门逃了出来。

"这种做法真够沉着的。"东小声赞叹了一句。可是不知为什么，只有伊神同学冷酷地盯着丰中先生。

丰中先生苦笑着继续说道。

"我都被自己的冷静吓到了。逃出来以后，我把西装外套脱掉扔了，一直游到岸边。上了岸之后我才发觉，原来我根本不需要像之前想好的剧本那样做。"

丰中先生是这样想的。只要自己不吭声，妻子会发现自己留下的遗书。只要大家认为他死了，就能拿到保险金。这样不用死也可以解决问题。于是丰中先生开始隐姓埋名，过起了流浪的生活。不过，因为害怕妻子担心，所以他只给妻子打过电话。

不过流浪生活可不是谁都过得下去的。冬天一到，本来抵抗力就弱的身体很容易就会生病。他患了感冒，精疲力竭，恰好得到了阿三的帮助。阿三把换洗衣物和寝具带到四楼的空房间里，始终照顾着他，直到他恢复了健康。

"简直就像佛祖一般。"

"才没那回事呢。"

听到丰中先生称赞的阿三把手摆得飞快。秋野见他这副样子，安心地微笑起来。

丰中先生表情坚毅地挺着身子，然后给我们所有人深鞠一躬。

"各位，这次给你们添了大麻烦了。"

"没有。"我也在他的带动下弯了腰。这是第一次有大人向我鞠躬道歉。其他人也跟我一样手足无措，赶忙向他行礼致意。只有伊神同学抿着嘴，默默地观察丰中先生。

接着，穿着拖鞋的丰中先生，又转向了阿三。

"三野同学。"

阿三不知该用什么表情面对他，视线不安地跳动。

"现在的我只能用这种形式对你表达谢意。"这次，丰中先生缓缓地，深深地向阿三鞠了一躬，"不过，总有一天我要向你表达更正式的感谢。我会以此为目标，从明天开始重新出发。"

说完这些，丰中先生说他要去收拾行李，消失在了四楼。

难以言喻的感慨疯狂地涌上我的心头。大家都呆望着楼梯，久久未动。

"我还是第一次见到有人这么真诚地鞠躬道歉。"

听到我的小声嘀咕，伊神同学听后鼻子哼了一下。

"还真真诚啊！"

"伊神同学？"

伊神同学什么也没说。

丰中先生很快下来了。行李只有一个运动背包，手里拎着鞋子。

丰中再次站得笔直。

"各位……"

这时，楼下响起了开门的声音。

没想到这时候居然能响起这样的声音，我吓得不由得"哇"的一声叫出来。有人来了。怎么会发生这种事呢？脚步声移动了起来，不是一个人。

丰中先生的话也被打断了，大家竖起耳朵仔细听着。

东同学皱起了眉。

"有人来了。"

"谁会在这个时候过来？"

脚步声开始上楼梯了，我们面面相觑。东同学嘀咕道："不会是暴走族吧？"

从楼梯那边出现了两个穿着西装的人。其中一个是目光锐利的中年人，另一个稍微年轻一些，戴着一副无框眼镜。虽然两人都散发着战斗的气氛，看上去有点恐怖，可是他们都系着领带，不像是那种粗暴的人，我稍微放心了一点。

中年男子见到我们几个吓了一跳，停下脚步。但是，见眼镜男点头示意后快步跑上了楼梯。我们几个惊慌得跌跌撞撞，向后退着。那两个男人快速从楼梯跑上来以后，那个中年男子把通往四楼的楼梯给堵住了。

我身后响起一阵脚步声。那个丰中先生，突然推开高岛学姐，然后脱下拖鞋，往南侧的窗户跑了过去。伊神同学赶忙从后面追了上去。追上以后，伊神同学从后面抓住他的后脖颈，同时迅速地使出一个扫堂腿。看起来好像只是轻轻一绊，没想到丰中先生高高飞到半空中，扑通一声仰面摔倒在地。伊神同学用右膝抵住他的胸口，然后抓住他的胳膊，用两只手和左膝按住他。丰中先生只得发出一阵哀号。

"好疼，疼疼疼疼疼疼死了。有什么话放开我再说！"

"要说的人是你，说说你到底都干了什么好事！"

伊神同学用左手和膝盖控制住他的胳膊，放开的右手高高扬起握拳。丰中先生在这种紧张的状态下，一动也不能动，只能高声惨叫。

"哇，别打别打别打，疼死我了，哇，喂，千万别动手啊。"

伊神同学往我们这边回过头来："把他控制住了……你们是警察吧？"

"太精彩了！"

那个眼镜男把我推到一边，然后亮出了手铐，赶忙跑到丰中先生身边。

"丰中浩一，你涉嫌贪污公款，以及诈骗未遂，现在要将你逮捕。"

眼镜男干脆利落地说完这句话，咔嚓一声把手铐铐在了丰中先生手上。然后仰头看着伊神同学，无限感叹。

"我是西警察署的多田。哎呀，刚才真是太精彩了。你在武术方面颇有心得啊！"

"我师父也常这么说。"

师父？是谁？不对，这都不是重点。眼镜男好像是警察。这到底是怎么回事？

我四下看了看，被丰中先生撞开的高岛学姐正捂着头蹲在地上。

"学姐，没事吧？"我检查了一下高岛学姐用手捂着的地方，没有出血。就是撞了一下。

"怎么回事？"

高岛学姐问我，我当然答不上来啊，我还想问问别人呢。于是我默默地期待伊神同学。

"我也是警察，名叫吉丸。"那个中年人推开我们走了过来，出示了警官证，轻轻点头示意，"看来诸位还不知道是怎么回事呢。"

吉丸警官走到丰中先生身边，看着伊神同学，向他微微鞠了一躬。

"感谢你的协助……你知道什么情况吗？"

伊神同学遗憾地摇摇头说："他说他有多重债务，现在无家可归，暂且躲在这栋楼里。"

吉丸警官听了这话，一侧的眉毛向上一挑。

"多重债务啊。嗯，原来如此……具体怎么回事？"

伊神同学把刚才丰中先生的话简要地复述一遍。吉丸警官听后挠了挠头。

"原来是这样啊，我们好不容易赶上了。"

"请，请等一下。到底是怎么回事呀？"

阿三不解地向两人询问。

吉丸警官冷静地做出了回答："这个男人撒了谎。他大概是觉得这么说可以博取同情，大家就会默默放走他吧。"

"说谎？"

这个冲击太大了，我简直说不出话。

只有伊神同学一个人镇定自若。

"要说哪部分是骗人的呢？"吉丸警官抱着胳膊低声说，"欠钱的事倒是真的。就是所谓债务管理公司的手段。只不过嘛，后来的事是这个男人不知道从哪听来的，并不是说一定没有发生在他本人身上。他欠了钱是确凿无疑的。"

吉丸警官好像不知道该先说哪个才好，用食指转圈按着太阳穴。

"他的问题不在于有欠款，而是在于欠款原因。这个男人多次挪用公司资金，正式说法叫贪污公款。再加上一条，他企图伪造自杀骗取人寿保险金，正式说法叫诈骗未遂。"

随后，他瞧着被多田警官控制住的丰中先生，面无表情地继续诉说。

"这个男人前年二月玩期货赔了大钱，然后就用公司的钱来堵这个大窟窿。他借高利贷也是为了补上这个空缺，之后就陷入自行车作业*的困境了。"

吉丸警官又把视线转移到我们这边。

"要是在那时候从期货市场退出来就好了。对于一个外行人来说，那根本就是赌博。可是他一直不肯罢手，亏了就借钱，先是为了填上借钱的窟窿挪用公司的钱，然后再反过来用借来的钱堵公司的窟窿，反复循环。大概觉得这样可以周转过来吧，结果最后把欠款和公司财务两边的窟窿都弃之不管，一个人逃跑了。"

丰中先生苦涩地反驳道："我都说了会还的。"

"少胡说八道了。"多田警官大声吼道，"你那叫诈骗。保险公司怎么办？"

丰中先生咬牙切齿地说："可恶！本来一切都很顺利。"他抬起头看着多田警官，"都怪那个贱人出卖了我。"

"什么贱人，人家那是协助调查。"多田警官厉声反驳。

"喂，多田，注意你的音量……公司方面提出了受害申报。"

去年九月，有报道称湖里掉进了一辆车。很快就确认出车主就是这位丰中浩一，遗书也找到了，可是当他的妻子——丰中正子接电话时举止十分可疑。丰中浩一买了好几份人身保险，受益人是消费者金融贷款和她。后来车被捞了出来，怎么也找不到丰中浩一的尸体。不久，丰中浩一就职

---

* 自行车作业，这个词指企业经营的一种危险方式，大致意思是企业把大部分收入，甚至是现在还没到手预计将来会得到的收入都用于再次投资/周转/贷款抵押，一旦收入断流就整个资金链断裂，债务无法偿清，只能直接宣布破产，所以有时为了保证有收入哪怕赔本买卖也得做，像骑自行车一样必须不断蹬踏板，一停止自行车就会倒掉。——译者注

的公司提交了受害申报。警察在继续搜索尸体的同时，怀疑丰中浩一是伪装自杀，就向他的家人了解情况。

"遗书里坦白了贪污公款的犯罪事实，并说要用保险金赔偿公司的损失，总之这个男人根本没把警察放在眼里。你肯定认为留下遗书，再伪装跳湖，警察就会断定你是畏罪自杀，也就不再搜查了。"

后来吉丸警官说服了丰中正子，让她协助调查。丰中浩一会定期给妻子打电话。靠电话追踪根本无法锁定他的位置，于是丰中正子假装没有协助警察，让他把藏身之处告诉自己，就说自己实在是担心得受不了，如此反复纠缠之后，终于套出了藏身地点，顺便还引出五六次"我爱你"的台词。

"原来是这么回事啊。"伊神同学一副索然无味地依靠在墙上，"不过，他刚才的那段话我就觉得不对劲。"

"你一开始就觉得不对？"我惊讶地问他。

不过确实如此。伊神同学的态度很是奇怪，而且丰中先生要逃跑的时候，他也是没有片刻犹豫就冲上去制住了他。

"这世界上可不都是好人啊。"伊神同学看着我，"丰中先生刚才说话时那副伶牙俐齿的样子，我就知道有问题。那明显是事先准备好的草稿啊。而且，我们只是一群高中生啊。你们不奇怪吗，一个成年人居然会对高中生撕心裂肺地哭诉。"

高岛学姐攥紧了拳头瞪着丰中先生。

"你居然骗我们，你是不是觉得一定能骗过我们？"

丰中先生低下了头。

怎么这样。我仰头望着天花板。听了之前的话，我满心相信丰中先生是被恶劣的消费金融贷款机构给骗了，是受害者。看来并不是这样的，他才是做坏事的那个人。真正的受害者是他的公司，是保险公司，是要为他善后的上司，他的家人……他们才是受害者。

不，受害者还有一位。我偷眼看向阿三，只见他呆呆地张着嘴，眼都不眨地盯着丰中先生，一动不动。

实在太过分了。

“真是卑鄙无耻。”多田警官望着被押住的丰中先生说，“你这小子，居然欺骗单纯的高中生，妄想让他成了你的同伙，你这干的是什么事儿啊。”

他抬头看着阿三。

“行了……别说了。”吉丸警官打断了他，然后转向阿三这边，“你是三野吧，你没做错任何事。不止没错，你在积极帮助别人这方面可以说比谁都正确，千万不要为了这次的事烦恼。”

阿三低下头别开视线。吉丸警官也没再多说什么。

“走吧。”吉丸警官向多田警官说道。多田警官点点头，粗暴地把丰中先生拉起来。我们几个紧贴墙上让出路来，便于两位警官和一个罪犯通过。

“喂。”多田警官捅了丰中先生一下说道：“你是不是该给人家道个歉啊。”

丰中先生一言不发，甚至都没有看上阿三一眼。多田警官咂了咂舌，也不再提，催促着他赶紧走。

即将离开的时候，吉丸警官突然停了下来，背对着我们小声说了一句：“别对大人失望了。”

阿三低下头，一时无语，只是握紧了的拳头张开，然后突然两手掴住我的肩膀说：“叶山，对不起。”

“为什么跟我说对不起。”

“可恶，实在对不起。就是对不起你啊！可恶。”

为什么要道歉……我本来想问，但还是算了，我好像有点儿明白了。

阿三现在不知道该何去何从了。他对丰中先生投入的善意，为他那么努力，都没有打动丰中先生，他的心意都白费了。

"笨蛋，你没做任何对不起我的事啊。"

我拍了拍阿三的肩膀。

可是阿三只是重复说着可恶和对不起，接着又用头撞墙。

"这都是什么啊。真的的。太过分了，可恶。"

"阿三……"

大家什么也没说，只是看着。阿三又说了一句"可恶，什么呀"，然后又用头撞了一下墙。

我也能体会到他的心情。再怎么说，也没想到居然是这样的结果，实在太过分了。虽然我也这么想，可是却说不出来。而且以我安慰人的本事，说出来搞不好反而让他心里更难受。刚才吉丸警官也没让多田警官继续下去，应该就是这么想的吧。

可是，只能沉默地放任他不管吗？

我只能寄希望于伊神同学，但他只是抱着胳膊靠在墙上。高岛学姐和柳濑也都只是偷偷摸摸地看着阿三。

这时，秋野突然低着头，嗒嗒嗒嗒嗒地小跑开来。她把南侧的窗户整个打开，探身出去往外看。

她跑得太快了，我刚想提醒她别掉下去的时候，秋野好像见到了她要找的东西，大声喊道："混蛋——"

"……"

大家一下都愣住了，接着伊神同学说了一句："说得真是贴切。"

我突然听到'嘿嘿嘿嘿嘿'的声音。在我身边的阿三肩膀一抖一抖的笑了起来。

"麻衣喊'混蛋'的样子好可爱呀。"

阿三偷偷笑着，眼里都是秋野的背影，表情终于恢复了常态。

如此看来，这两位进展得很顺利啊。

终章

窗外下起了雪。地面上已经薄薄地积了一层雪，只朦朦胧胧地露出细微的黑色沥青。

我在艺术楼的三楼，透过楼梯拐角的窗户向外看。这是今年的第二场雪，这次能潇潇洒洒地来一大场吧。

我仔细观察着飘落在窗户上的雪花。大片的、小片的、各种各样的。乍看之下都像垃圾一样，可是仔细看来，每片雪花都有自己的个性。我望向辽远的天空。旁边的体育馆上空，体育馆对面的操场上空，住宅上空，还有远处大楼上空都飘着雪。这是理所当然的现象，却又那么不可思议，这份不可思议是那么快乐。春天到来之前，不知道还能下几次雪啊。

丰中先生涉嫌贪污公款，以及诈骗未遂被逮捕的新闻刊登在了社会版的角落里，那之后已经过去了一个礼拜。不知道是吉丸警官和多田警官特意关照，还是本来就没那么重要，警察没有再找我们高中学生问话，包括阿三在内。这起件事就这样平稳地过去了。

壁男的谣言已经彻底成为过去，吹奏乐部为了准备送别演奏会，又再次游荡在走廊的各个角落，果然好烦。关于幽灵事件的真相也模模糊糊地传开了，不过其中并没有提到阿三的名字，让我姑且放下心来。

阿三在第二周也开始正常上学了，似乎已经振作起来。丰中先生本来就是罪犯，阿三不需要为此负什么责任，也没必要失落。那家伙脑筋灵光得很，肯定能想通这一点。

我回头看看艺术楼的走廊。这栋楼在长达一个多月的时间里都潜伏着一个贪污公款和诈骗保险金未遂的罪犯，可是我们也没有一点察觉。后怕的同时又觉得这个情况蛮有趣的。会不会还藏着什么做了其他事的人啊。

我转身准备回画室，却被立在墙边的松树布景绊住了脚。那个布景轻飘飘地倒了下去，发出了很惨淡的声音。我缩了缩脖子。

此前为了实地演习壁男的骗局，我们把这些破烂儿都清理了出去，现在又尽量把它们物归原处了，所有的东西应该都放到了原来的位置才对，可不知道为什么却没能放下，而且不知什么时候又出现了很多本来不是这里的东西，我和柳濑也完全想不起来之前那些东西是什么顺序了。由于各种原因，这里已经无法复原了。就像这个布景，以前放在哪里完全不记得了，只好转移到了此地。

扶起倒下的布景，我发现墙壁的角落有一道裂痕。

丰中先生当时穿着拖鞋。

我突然地想到了这一点。为什么事到如今我会突然想起这件事呢？

墙壁的角落出现了裂痕。

霎时间，我的思绪飘到了半空中。丰中先生穿的是拖鞋，他有可能为了扮乖故意穿成那样。可是在潜伏起来的时候，他总不能穿着鞋走来走去吧。但我却在没人的艺术楼听到了脚步声，咔哒咔哒的穿鞋走路的声音。

那个不是丰中先生。

这么说来，伊神同学也说过，壁男的故事已经在某种程度上脍炙人口了，阿三也从没说过那个谣言是他编的。壁男的传说搞不好是从以前就流传下来的。

我的脊椎突然像触电了一样，走到墙边观察那道裂痕。仔细一看，那道裂痕又长又深。而且只有那周围的颜色和其他地方不一样，而且上面布满裂痕。裂痕的中央裂开了一个五厘米左右的洞。我往里面看了过去，一片漆黑什么也看不见。我掏出手机靠近洞的旁边，液晶屏幕的光微微照亮了洞的里面。

我僵住了。

我深呼吸后站起身来，冲进画室，把工具箱里的东西全都倒出来，挑出最大的那个凿子。

难道说……

我沿着裂缝把凿子插进去，不顾一切地用锤子敲。周围这片颜色略微不同的墙壁很轻松就被凿开了。我专心地挖着墙。

我一直都没注意到这条裂痕，因为它隐藏在这堆破烂的阴影当中。为了演示那个诡计，我们移开了那些破烂，但当晚我也没有注意，还把布景的那棵树堆在了这里。本来放在这里的是其他东西吧。不管是什么，反正把墙给堵住了。

然后，我看到了像是袖口的部分，接着是指骨，校服的衬衫，以及不知道什么东西飞溅开来染成的茶色。我用锤子猛地一砸，如同笔记本大小的一堆碎片应声而落，掉在我的脚下。

墙里有个男人，没有头。

从崩坏的墙壁里发出一股难以言喻的古旧臭味。这个男人已经变成一架白骨了。什么时候开始……到底是什么时候开始，他就在这里面了？

我感到非常不可思议，但是却不害怕，泪水反而涌上了眼眶。

他一直在这里面吗？每天有这么多人，有这么多人，可是谁也没有找到他。

泪水止不住地上涌，我扶着墙哭了起来。

你是多少年前被埋在这里的？你从什么时候就在这里了，就在这个昏暗狭窄的地方？你是谁，为什么变成这副悲惨的模样？谁也没有注意到他……没有一个人……

明明第一次见到白骨和尸体，但我完全不觉得害怕或是恶心。只是难以自持地可怜他。因为他的样子太惨了。他一定经历了很可怕的事。

"对不起呀……"

我每天都在这里度过那么长的时间，却一直都没有发现。明明就在我的身边，明明就在我的眼前。泪水止也止不住，我呜咽地哭出声。

墙壁中的男人，什么也没说。

拜我所赐，这次艺术楼可真是乱了套了。

"墙里发现尸体，高中发生严重骚乱。"

"发现尸体，高中生砍头杀人？"

"学校的怪谈是真的。"

老师们再怎么控制也于事无补，媒体已经入侵到了学校内部。他们向登校离校的同学们伸出话筒，有人逃开了，有人藏起来了，有人很享受被关注的感觉。也是，毕竟不是在校的学生被杀，所以老师和教职员工在某种程度没有那么大的压力。被问到发现尸体的详细经过时，我也只是随便敷衍了事。到目前为止发生的这些事，岂是三言两句就能说清楚的。

不过还有一件事让我很困扰。作为发现尸体的现场，艺术楼被警察封锁了起来。我们这些文化社团成员为了寻求活动场地，俨然成了在学校里徘徊的难民。美术部暂且逃回了美术教室，吹奏乐部的人为了找一个能够练习的场地，常常要出入体育馆和操场，甚至还要登上天台。

艺术楼的安稳日子就这样终结了。

后记

初次见面。我是似鸟鸡。这份书稿是用电脑打出来的。

为什么要特意强调呢，因为我非常不会用电脑。简直到了碰到电脑就浑身发痒、起疙瘩的程度。这是一种过敏反应。儿时我曾被医生诊断为特应性皮炎，不过现在跟那个没有关系。电脑就是我的过敏原，只要'摄入'了电脑，身体就会起反应。

不只电脑，我是一个彻头彻尾的机器白痴，所以我像个模拟人似的，有点儿跟不上现代文明的节奏。都上了大学了也没买手机，家里也没有电视。后来好不容易买了个手机，还是黑白屏，虽然可以收到图片，可是接收到的图片都是一片漆黑，根本看不出是什么东西，结果就算收到信息也没有任何意义，成了摆设。我在一个补习班做兼职，那里的学生看到我的手机会问我："老师，这个是不是很贵啊？"现在回想起来，他大概是觉得"这东西这么复古，一定很贵"。我就是这样一个人，至今听音乐还是用录音机。抱歉，这是在撒谎，其实是听 CD 啦。

不过，机器白痴这件事，我是一点儿办法也没有，完全是遗传的。我的妈妈就是机器白痴，她只要轻轻摸一摸，就能把一台录像机给弄坏，或者是让演得好好的电视突然崩溃。我就遗传了她的这一点。拜她所赐，我打小就是个机器白痴。立体音响怎么看也不会用，骑自行车会撞到老太太，玩个勇者斗恶龙都能把存档给弄没了。

我就是这么个人，所以开始写小说的时候，我都是拿着笔在一页四百字的稿纸上一字一句地写。

不过出于某个原因，我很快用上了文字处理机。

即便现在，新人奖的参赛规定依然是要写够三百五十页到五百五十页的页面字数为四百字的稿纸，所以用手写本身是不成问题的。问题出在我的字上。因为我的字是惊人的烂，朋友们会善意地说："你的字写得挺独特呀！"可妈妈的说法是："你的字像蚯蚓爬的。"所以最开始的时候，我把写好的小说拿给朋友，他们也不会看，因为实在是读不出来。

再有一个，我的笔劲也是个问题。因为我下笔太用力，不管是普通铅笔还是自动铅笔，笔芯都会折断。在教育部门实习的时候因为老是把粉笔弄碎，给下一节课的老师添了不少麻烦。自动铅笔这个东西很方便，要是用得不对简直就是凶器。跟普通铅笔不一样，自动铅笔的笔芯折断后就像陨石一样直扑面门。吓得我必须要用'H'型号的笔芯，平时写字的时候也会时刻注意调整笔劲，可有时候写到激动人心的情节时就会忘我地用力写了起来。就像弹吉他或拉小提琴的人在演奏高音的时候会露出痛苦的表情是同样的道理，可是创作漫画或小说时，就算把全身力气都倾注在笔尖也毫无意义。只会让错字增加，划破稿纸，让折断的笔芯在桌子上留下条条黑印。再加上因为下笔太重，只要写的时间稍微长一些，很快手腕就开始疼起来。大概是因为笔压得手指和手腕的关节血流不畅，从而引起了炎症。有点像篮球选手的跳跃膝，或是棒球选手的棒球肘，只要做运动员就要经过这场试炼，可我又不是运动员，所以就使用了文字处理机来避免这种伤痛。

因为以上这些原因，我在万般无奈之下开始使用文字处理机。刚开始的时候我不知道写完的东西该如何保存，打印的时候也搞不懂纸怎么就歪了，总之也用得相当辛苦，不过用惯之后也就不觉得了，于是终于可以愉快地写作了。最重要的是，我一直觉得用文字处理机写文章这种行为简直

帅极了。两个食指流畅地在键盘上跳跃，

这时的我俨然是一个经验丰富的老'专家'，写字本身都变得乐趣无穷。就算没有素材，我也不管三七二十一地先写上几行，找到素材后就更是写得停不下来。文字处理机绝对会让人中毒。

不过这家伙可是相当任性。蜜月期一结束，我很快就开始察觉到它功能上的局限性。大概在大三的时候，我开始写推理小说。那时我发现了文字处理机很不适合写推理小说，因为推理小说的情节和人物会一个一个登场，用文字处理机创作给我带来非常大的困难。

如果你手里就有一台文字处理机，那么请务必试一下，把"场馆平面图"全部用"线"画出来，然后在打印出来看看。画一张图就要用上大概三十分钟。而且一面的墨带应该已经用光了，而且断断续续地画不出斜线。当时还没有可以解决这些问题的高科技文字处理机，就算有，我也绝对是搞不定这些高级货的。我一直在用的洗衣机，用了三年多才知道有定时功能，把香蕉放到冰箱里保存，结果香蕉整个变黑烂掉了，这样的机器白痴怎么可能掌握那样的高科技。话说回来，豆腐冷冻后也很可怕。有勇气的人可以试试看，不过浪费食物可是不对的，所以不管变成什么样子，请务必吃掉。

总之用起来非常辛苦，而且我常去的电器店里色带的柜台越来越小，这让我产生了危机感，再加上研究生院的电脑室设施完备，可以免费使用超高速激光打印机，于是我也终于开始用上了电脑。当然，一开始也是灾难频发。

电脑这个家伙，怎么这么难懂呢？只要稍微有点儿不对的地方，窗口马上就从下面消失了。好像对话框就藏在什么东西后面。在阳光直射下开机十二个小时画面也不会变，按电源也无济于事。后来我实在没办法了，把插头拔下来再插上，重启后又出现了来历不明的文件夹。

　　有位对电脑比较了解的朋友有句格言："把电脑拆开就能记住了。"他为了教我用螺丝刀迅速把电脑拆开，详细给我讲解了那个复杂的 CPU 还是 ICU 的是怎么安在里面的，但我一点儿也没记住。

　　不过我不能就此放弃。研究生的课程需要写大量的研究报告，我从前的做法是把参考资料的书页复印下来，剪下自己需要的部分贴在报告用纸上，然后再把报告用纸复印一遍，用这种集成式复印和粘贴的模式完全应付不来。而且报告本身用'添加附件'的形式提交也不方便。

　　那时我终于想明白了。今后的时代，不会使用电脑的人完全适应不了社会，只能像渡渡鸟一样灭绝。

　　人们发明出一个新工具，把它商业化，然后普及开来。当大多数人把这个工具运用到日常生活中以后就会反过来，把少数不用这件工具的人排除在外。是非不论，这一定是历史的必然。一百多年前的人们没有汽车也照样生活，可现在没有驾照连找工作都没底气。二十年前人们没有手机，可还是会想出各种各样的手段跟朋友们混在一起，现在若是没有手机简直都想象不到怎么跟人约会，现在若是没有手机，简直不可思议，带来的麻烦就更不用说了。与此相同，今后若是没有电脑，估计就写不成小说了。笔会变成古董，每页四百字的稿纸也会消失，小说新人奖"参赛心得"那一栏里关于"有人为了配合稿纸的格子，一个字一个字地用文字处理机打印出来，这样读起来非常不方便，请大家不要这么做了"这一类的记叙估计也会消失。这就叫时代的潮流，一个人倔强地坚持使用古老的工具也只是让自己白白受累。顺应潮流，换上新物件是明智之举。希望 Windows XP 系统的更新能更久一点。拜托了。不然大家的机器不就都成垃圾了吗？

　　总之，我意识到这一点后就努力学习使用电脑，其实就只学会了 Word，用电脑写小说。添加注音假名的时候那里会空出一行，所以行间距的设定有点伤脑筋。有时候我忘了硬盘在口袋里，直接把外套扔进了洗衣机。总之我这一路遇到好多困难，不过我还是会努力的，一边嗯嗯地抓痒，一边努力跟电脑搞好关系。我能如此努力多亏了可爱的 Office 助手小海豚，不然就是因为写作实在有趣。

写作的乐趣在于可以给别人读，想到自己写的东西不知什么时候有谁会读到，就会觉得很快乐。在写推理小说时，写作的乐趣中还包含了一点儿"嘿嘿嘿，看书的那家伙读到这里一定会上当"的恶趣味，只要幻想着这篇文章一定会有某个不认识的人读到，就能快乐地写下去。也就是说，这种快乐完全是拜各位读者朋友所赐。在此，我深表谢意。感谢各位读完这本书。真心感谢。如果你是从这篇后记开始读的，我也感谢你阅读这篇后记。可能的话希望你能读读正文。既然让大家掏了腰包买书，我以后也一定会继续努力，不写让大家觉得"买亏了"的东西。

我是个不懂人情世故的人，直到最近我才得知把我的作品变成"商品"需要经过多少烦琐的程序。作品本身可以看作是食材，不过只是其中的一部分罢了，把它预先切碎捣烂，然后跟其他食材混合在一起，加热烹熟，调味装盘，端上餐桌，还要站在餐桌旁对这道菜进行讲解，唯有如此才能让顾客真正理解个中滋味。以桂岛先生为首的东京创元社的各位，校对、设计、印刷、代销以及书店的各位，还有为本书描绘插画的画师，有了你的画，都不需要这本小说了。我对以上诸位深深表示感谢。我写这样的话可能会有人残酷地否定说"我又不是为了作者，我是为了自己"，不过感谢之情本来就是想表达感谢的人该说的，请大家允许我表达这份心情。

写到这儿差不多可以结束了，不过我刚刚听到了两个声音，一个是我想象中的编辑，他会说"毕竟是后记，请写一点跟作品相关的内容"，另一个是真正的编辑，他是这么说的："篇幅还有剩余，你再多写点吧。"于是我决定再写一点关于这部作品的事。

本作参加了第十六届鲇川哲也奖，很幸运被评选为优秀作品。一开始我没打算参加新人奖，当时还在上大学的我们圈子的一个朋友看了之后，给我提出一些需要改善的地方，我想就当是练练手吧，以后也能算个经验。可是按照他的建议修改后再看，似乎比想象中要好得多，所以干脆就一鼓作气投稿参赛。在此感谢给我提出建议的朋友仓吹，以及 M 先生和 N 先生。

书名没有什么特别的意思，我在道立旭川美术馆观摩过舟越桂老师（创作天童荒太先生《永远是孩子》封面作品的那位）的作品《冈特·葛洛夫的午后时光》，这个标题和作品之间的联系实在太妙了，所以模仿了他。只看字面好像根本不知道哪里在模仿，但是在我心中，那部作品与本书的书名仅有毫厘之差。

写这本书的时候我还是研究生，学务繁忙，所以根本没有时间去实地考察，于是就把时间舞台放在一所高中。当然参考自我自己的母校。我在那里读书的时候遇到了很多的事。

另外参赛时我把时间设定为十几年前，也就是我还是高中生的时候。情节设定为主人公已经参加工作了，快到三十岁的时候听说以前的学校要拆除了，于是久违地探访了母校，回想起了当时的事件。我写母校不是因为取材方便，而是听到母校的校舍要被拆迁了，为了缅怀，所以决定把它写下来。可是写完再看发现这个回忆模式没什么意义，这一点被评审老师一针见血地指了出来。出版前改成了正常的时间顺序。

不过话说回来，电脑这个东西怎么这么难懂啊。最近我又不小心用了一些多余的功能，于是打开文档的时候画面就会变成黑色，上面写着

"BANG"的字样，保存好的文章里多了很多空格。导致文章根本就读不下去，可是我又不知道怎么能把它设置回去。不过编辑一定很懂电脑，我不如就直接这么发送过去，让对方把它设置回去吧。

似鸟鸡

2007 年 9 月

WAKE ATTE FUYUNI DERU

Copyright © 2007 KEI NITADORI

Originally published in Japan in 2007 by Tokyo Sogensha Co., Ltd.

Simplified Chinese translation rights arranged with Tokyo Sogensha Co., Ltd.

through AMANN CO., LTD.

图书在版编目（ＣＩＰ）数据

会错意的冬日 / （日）似鸟鸡著；黄晶晶译 . -- 北
京：台海出版社，2021.1
ISBN 978-7-5168-2351-4

Ⅰ . ①会… Ⅱ . ①似… ②黄… Ⅲ . ①长篇小说 - 日
本 - 现代 Ⅳ . ① I313.45

中国版本图书馆 CIP 数据核字 (2020) 第 236775 号

版权合同登记号　图字：01-2020-6680

会错意的冬日

著　者：[日]似鸟鸡	译　者：黄晶晶	

出版人：蔡　旭	封面设计：
责任编辑：员晓博	

出版发行：台海出版社

地　址：北京市东城区景山东街 20 号　邮政编码：100009

电　话：010-64041652（发行、邮购）

传　真：010-84045799（总编室）

网　址：www.taimeng.org.cn/thcbs/default.htm

E - mail：thcbs@126.com

经　销：全国各地新华书店

印　刷：嘉业印刷（天津）有限公司

本书如有破损、缺页、装订错误，请与本社联系调换

开　本：880 毫米 ×1230 毫米　1/32

字　数：176 千字　　印　张：7

版　次：2021 年 1 月第 1 版　印　次：2021 年 1 月第 1 次印刷

书　号：ISBN 978-7-5168-2351-4

定　价：48.00 元

版权所有　　翻印必究